茶屋占い師がらん堂

異国の皿

高田在子

時代小説文庫

角川春樹事務所

本書は、ハルキ文庫のために書き下ろされた作品です。

目次

茶屋占い師がらん堂

異国の皿

第一話　景星塾

どこを見ても、人、人、人——道を埋めつくす老若男女の姿に、すずは思わず大きく息をついた。

浅草寺《せんそうじ》の境内《けいだい》である。正月の縁起物などを売る「歳の市」が開かれていた。みな露店を目指し、人波をかき分けるように進んでいく。

すずも目当ての品を買うため何とか足を動かしているが、四方八方《しほうはっぽう》をふさぐ人垣に阻まれて、少しずつしか進めない。時折ぐいと押してくる者たちから、先ほど買った品を守るのが精一杯だ。橙《だいだい》が潰《つぶ》れたり、譲葉《ゆずりは》や裏白《うらじろ》がちぎれたりすれば、鏡餅《かがみもち》に添えることができなくなってしまう。

すずは風呂敷包みをしっかかと抱え直した。

「大丈夫ですか」

すぐ前を歩く万平《まんぺい》が、ちらりと振り返った。浅草駒形町《こまがたちょう》の蕎麦屋《そばや》、守屋《もりや》の奉公人である。

守屋の主《あるじ》の吉三《きちぞう》は、すずの遠縁《とおえん》だ。母のきよとは幼馴染《おさななじ》みでもあり、何かにつけて母娘《おやこ》二人の暮らしを気にかけてくれている。年末の買い物も、男手があったほうがいいだろうと気遣って、店の若い者を手伝いに寄越してくれた。

すずの家は、浅草福川町《ふくかわちょう》の最福《さいふく》神社門前でたまやという茶屋を営んでいるが、店で出している蕎麦は吉三の指導を受けており、麺《めん》は守屋から仕入れている。万平が蕎麦を納めにくることも多いので、すっかり顔馴染みになっていた。

それでも、やはり家の買い物を手伝わせるのは心苦しい。

十年前に行方知れずとなった父、多一《たいち》がいたら、たまやにも男手があり、こうして他人の手をわずらわせることもなかったのだろうか……。

「すずさん、絶対に離れないでくださいね」

万平の声に、すずは顔を上げた。

「万が一はぐれたら、本堂の裏――いや、守屋まで戻ってもらったほうがいいかな。いやいや、戻るなら、たまやまで――」

万平は再び前を向きながら、ぺちりと自分の額《ひたい》を叩《たた》いた。

「おれが買い物をして、届ければよかったですねえ」

「とんでもない」

万平の背中に向かって、すずは首を横に振る。

「うちの買い物ですもの。あたしか、おっかさんが来なくっちゃ」

万平は前を向いたまま「いやあ」と屈託《くったく》のない声を上げた。

「いいんですよ、そんなに気張らなくたって。使えるものは、何でも使ったらいいんです。おれでも、うちの親方でもね」

万平の背中に向かって、すずは頭を下げた。

「だけど、こうして歳の市に来られるようになって、本当によかったですねえ。去年の今頃は、ずっと寝込んでいたでしょう」

「ええ……」

得体の知れぬ体調不良に襲われ、すずは一年以上も寝たり起きたりの暮らしを続けていた。原因はいっさい不明で、どんな医者にも治すことができなかった。

それが一変したのは、今年の葉月《はづき》（旧暦の八月）——不思議な力を持つ占い師、一条宇《いちじょうう》之助《のすけ》に出会ってからだ。

すずの体調不良が、取り憑《つ》いた龍に生気を吸われているせいだと見破った宇之助は、龍と契約して、もう人から生気を吸わぬよう約束させた。そして、これまで生気を吸い続けてきた代償として、今後はすずを守護すると誓わせたのだ。

にわかには信じがたい話だが、この世には不思議な現象があることを、すずは身をもって知った。

ひょんなことから悪人に追われる羽目に陥《おちい》った時、龍は霊力で突風を起こして助けてくれた。明らかに、偶然吹いた風ではなかった。

間違いなく、龍は憑いているのだ。

すずは首を巡らせて、自分の両肩を見やる。

自分を守護してくれている龍は目に見えないが、小さな姿となり、すずの肩に乗ったりしているのだという。

だが、とても人には言えない。

すずに龍が憑いていることを知っているのは、宇之助と、母のきよだけだ。親友のおなつにも、龍の話はできなかった。

「え〜松や〜飾り松や〜松屋でござ〜い」

売り声のほうへ向かって、万平が歩いていく。すずもあとに続いた。

松と、そのすぐ隣で売っていた背の高い笹を、一対ずつ買う。万平が肩に担いでくれた。

近くの露店で注連縄《しめなわ》飾りも手に入れて、帰路《きろ》に就《つ》く。

人混みを抜け、浅草寺の境内を出ると、すずは振り返った。

歳の市の喧噪《けんそう》の中に、黒いもやは見えなかった……。

宇之助と龍に関わったことで、すずの中にあるという不思議な力も上がったらしいが、思い通りに使うことなどできやしない。宇之助いわく「悪意のようなもの」が、たまたまちょっと見えただけだ。

物心ついた時から、自分には「嘘《うそ》を見抜く力」が備わっていると自覚していたが、それは持って生まれた非常に鋭い勘の一種だと思っていた。人の言葉に宿った氣《き》を感じているのか、人が発する念を感じているのか、仔細《しさい》は不明だが、根拠もなくただ「わかる」だけで、それ以上の感覚はなかったのだ。

それが先日から、黒いもやとして目に見えるようになった……自分の中で、何かが変わり始めているのだろうか……。

不安が込み上げてきて、すずはすがるように風呂敷包みを抱え直した。

首筋に、ふうっと風が吹きつける。冷たくはない。温かい風だ。

首に優しい熱が宿った。温もりは首筋を伝い、胸にじんわりと広がっていく。

龍が励ましてくれているのだと感じた。

たまやへ帰ると、ちょうど客が途切れたところだった。荷物を置いてすぐ守屋へ戻ろうとする万平を、きよが引き留める。

「ちょっと、お茶でも飲んでいっておくれよ。すぐに団子も用意するからさ」

万平は笑顔で首を横に振る。

「お気遣いありがとうございます。ですが今日はこれから、弟弟子の打つ蕎麦を見てやることになっておりますので」

一人前しっかり食べて、蕎麦やつゆの味をとくと確かめるのだという。

きよは笑みを返した。

「それじゃ、うちで一服してもらうのはまた今度にするよ。吉三さんによろしく伝えておくれ」

「はい」

万平は一礼して去っていった。

見送って、すずは店の片隅に向き直る。

「宇之助さんはまだ来ていないのね」

「もうすぐ来るんじゃないかい」

きよが表口から外を眺めた。

「昨夜は退魔《たいま》の仕事だって言ってたからねえ。今日の占い処は、昼過ぎからになるって聞いたよ」

龍が契約を違《たが》えぬよう見張りも兼ねて、宇之助はたまやの一角に小さな占い処を開いていた。茶屋の占い師として「がらん堂」を名乗り、花札《はなふだ》を使った占いをしているのだ。たまやの品を注文することを条件に、ここでは安値で占い客を取っていた。

しかし、たまや以外では、報酬として何両もの大金を受け取っているようだ。

占いの他に、宇之助は加持祈禱《かじきとう》や退魔もこなすが、中には人の命が懸《か》かっているような大きな依頼もあるらしい。多大な労力に見合う報酬となれば、どうしても高値になるのだと宇之助は言っていた。

妻を亡くして憔悴《しょうすい》し、一時は霊能の仕事から離れていた宇之助だったが、再び動き始めると、依頼する者が殺到したようだ。

宇之助は仔細を語らぬが、かつてはご公儀《こうぎ》お抱えの凄腕《すごうで》術者だったという。

どんな高値でも宇之助に相談したい、もし窮地に陥った原因が人知を超えたものの仕業だった場合は霊能力で何とかしてほしい、と宇之助を頼る者が多いのだろう。

その気持ちは、すずにもわかる。

すずだって、宇之助がいなければ体調不良の原因がわからず、寝たり起きたりを一生く り返すのかと悲嘆に暮れていたのだ。原因がわかったとしても、龍との契約など自力では到底できなかった。

そもそも、祈禱師《きとうし》でも陰陽師《おんみょうじ》でもない普通の者は、物の怪《もののけ》の存在に気づくこともできないのだ。物の怪が何たるものかさえわからぬのに、対峙《たいじ》できるはずがない。

宇之助に出会い、助けてもらうことができた自分は本当に運がよかったと、すずは改めて思った。

これも最福神社門前に生まれ育ち、今生明神《こんじょうみょうじん》の加護《かご》に導かれたおかげだ。

歳の市で買った品を店の奥へ運ぶと、すずは神社に向かって手を合わせた。

「いらっしゃいませ」

きよの声に顔を上げると、敷居の向こうに武士の二人連れが立っていた。一人は年若く、一人は高齢である。

「いやあ女将《おかみ》、たまやの団子は本当にご利益《りやく》があるなあ！」

高齢の武士が、きよに駆け寄った。そのまま手を握らんばかりの勢いである。

「縁起担ぎだと言って、知人がここの団子をくれてな。それを食べてから仕事に臨んだら、実に上手くいった。これは、ほんの心ばかりの礼だ」

懐から包みを出して、きよの手にぐいと押し当てる。

「あの、お武家さま」

「これは、おこしだ」

粟《あわ》などを水飴《みずあめ》で固めた、安価な菓子である。

「先ほど行った、駄菓子屋で買った。たまやのおかげで、この上なくよい商売ができたのだ。ぜひ受け取ってくれ」

きよの手に包みを握らせると、高齢の武士は上機嫌な顔をすずに向けた。

「みたらし団子と甘酒を、二人前ずつ頼む！」

「は、はい」

力強い声に圧倒されて、すずは調理場へ急いだ。

「女将、奥の席に座ってもよいか？　入口付近では、戸が開くたびに風が吹き込んでくるかもしれん。老体にはこたえるからのう」

「もちろんでございます。さ、どうぞ」

「評判通り、居心地のよさそうな店だのう」

武士が何やら話し続けている声を聞きながら、団子と甘酒を手早く用意する。

「お待たせいたしました」

すずが調理場近くの長床几《ながしょうぎ》まで品を運んでいった時には、いつの間にか、きよが武士たちの向かいの席に座っていた。

「まあ、それじゃ、うちの団子をお武家さまに薦《すす》めてくださった方は、最福神社に足繁《しげ》く通っておられるんですね」

高齢の武士がうなずく。

「祀《まつ》られている今生明神は、前世でも来世でもなく、今世に生きる者たちを見守る神だと聞いた。明神の名を『根性』にかけて、何かを成し遂げたい者たちが願かけに多く訪れておるのだそうだな」

きよは我が事のように胸を張る。

「あたしたち最福神社門前に住む者は、昔から、今生明神さまにお見守りいただいているんですよ」

高齢の武士は再び大きくうなずくと、いかにも好々爺《こうこうや》という穏やかな表情をすずに向けた。

「さ、おまえさんも座りなさい」

きよの隣を指差された。

すずは戸惑うが、きよが立ち上がる気配もないので、促されるまま腰を下ろす。

高齢の武士は満足げに目を細めると、きよに向き直った。

「それでな女将、さっきの話の続きだが、わしらが駄菓子屋へ行ったのは、駄菓子屋の息子の卵売りに会うためだったのだよ」

きよが首をかしげる。

「お武家さまが、卵売りに……？」

「うむ」

高齢の武士は背筋を正して、威厳《いげん》のある声を出した。

「わしは中野左膳《なかのさぜん》と申す。今年の春に開いた景星塾《けいせい》で、若者たちに学問を教えておってな」

中野は隣に目を向ける。

「これは教え子で、倉田《くらた》源之丞《げんのじょう》と申す。これまで教えてきた生徒たちの中でも、特に優秀な男でのう」

「いえ、そんな、とんでもない」

源之丞は照れ笑いを浮かべて、きよとすずを交互に見た。

「わたしをはじめ、景星塾に集う者たちは部屋住みが多く、将来の当てがないままあせっておったのだが」

部屋住みということは、武家の次男や三男――継ぐ家がなく、身の振り方を考えねばならない境遇だ。

「しかし中野先生のおかげで、世のため人のために生きる夢を見い出せたのだ」

源之丞の瞳は澄んで、きらきらと輝いている。幸せそうな表情の中に、不満や悲観の影は見当たらなかった。

「中野先生のもとで研鑽《けんさん》を積む中で、身分を問わずに町人とも手を取り合うべきだと、みなで話し合ってな。ともに商売を始めようと考えたのだ。それで今、大小かかわらず店をやっている者に数多く声をかけて、いろいろな話を聞いておる。商売のことは、やはり商人に教えてもらうのが早道だしな」

きよは感嘆の眼差《まなざ》しを源之丞に向けた。

「大変ご立派な心構えでございますねえ。ご自分から進んで町人に物事を教わろうだなんて」

貧しくとも、身分を笠《かさ》に着て威張り散らす武士はいる。内証が火の車だからこそ、居丈《いたけ》高《だか》に振る舞わねば面目が保てぬと思い込んでいるらしいのだ。

女二人で切り盛りする茶屋だからと侮られ、絡まれぬよう気をつけろ、と吉三が母に言っているのを聞いたことがある。

「ですが、先ほどお訪ねになったという卵売りは……」

きよは自分の膝の上に目を落とした。中野にもらった、おこしが載っている。実家が営む駄菓子屋に同居しているのであれば、その卵売りは店持《たなも》ちではないのだろう、とすずも思った。

すずときよの怪訝《けげん》顔を見て、源之丞は笑みを浮かべた。

「わたしたちは、卵を扱う商売をするのだ」

すずはきよと顔を見合わせる。

まさか武士が卵を売り歩くわけではあるまいが……。

「滋養《じよう》の高い卵を、毎日食べたいとは思わぬか？」

源之丞に返答を促され、きよが困り顔になる。

「ええ、でも」

卵は高級品だ。

「毎日食べることができる人なんて、この界隈《かいわい》にいますかねえ」

この頃は町の料理屋などでも卵を使った品がよく出されているが、一品四文という安値の食べ物を中心とした「四文屋」へ通うような人々にとっては、気軽に手を出せる代物《しろもの》ではない。

たまやは小さな茶屋ながら、最福神社を詣《もう》でる人々が多く立ち寄るため、なかなか繁盛《はんじよう》している。母娘二人で真面目《まじめ》な暮らしを送り、着物や簪《かんざし》に金を注ぎ込んでいるわけでもないので、たまに卵を食べるくらいの余裕はあるのだ。特に、すずが体調を崩してから、きよは滋養によいと思う物があれば多少高くとも、さほど躊躇《ちゆうちよ》せずに買うようになった。

しかし、たまやを訪れる客の中には、卵なんて贅沢《ぜいたく》な物には縁遠いという者も少なからずいる。今生明神に祈願したあと、たまやであれば金を払えるという安心感を持って来店し、ここで一服していくことを大きな楽しみにしている者たちだ。

注文された品を運び、客たちの声を間近に耳にしながら、すずは茶屋で過ごす客たちの事情を垣間《かいま》見ていた。

「女将の申す通り、毎日卵を食べられる者は限られておるだろう。わしも、そのような者は知らん」

中野は「だが」と続ける。

「卵売りであれば、しょっちゅう卵を買う者を知っておるはず」

　きよはうなずいた。

「そりゃあ、そうでしょうけど……」

「だから、わしらは鶏を飼って、採れた卵を売るのだ」

「鶏⁉」

　きよは啞然《あぜん》と目を見開いた。

「お武家さまが飼うんですか！」

　源之丞が座ったまま、きよに向かって身を乗り出す。

「どうだ、女将も一緒に飼わぬか」

「とんでもない！」

　きよは両手と頭を大きく振った。

「うちじゃ鶏を飼うなんて無理ですよ。食べ物を扱っている店ですからね。万が一、鶏の羽が器に入ったりしたら、大変なことになります。それに鶏の糞《ふん》は、におうでしょう。虫が湧《わ》いても困りますしねえ」

　客から苦情が出て、もし汚らしい店だという悪評が流れれば、立ちゆかなくなってしまう。

「裏庭に鶏小屋を作ることもできません」

きよの言葉に、すずは大きくうなずいた。

裏庭は龍の餌場《えさば》だ。御霊泉《ごれいせん》に差し障りがあっても困るし、何よりも、龍が嫌がるのではないだろうか。

中野が明るい笑い声を上げた。

「わしらの言い方が悪かった。女将、ここで鶏を飼えという話ではないのだよ」

「はあ……」

「江戸のはずれに大きな鶏小屋を建てるのだ。わしらは仲間を集めて、無理にならぬ程度の金を少しずつ出し合い、みなで鶏を飼う。と言っても、鶏の世話は、近くに畑を持っている農夫たちに任せるのでな。わしらは元金を出すだけだ」

たまやの茶代と同じくらいの金額を一口とすれば、さほど大きな負担にはならぬだろう、と中野は続けた。

きよが中野の顔を覗《のぞ》き込む。

「つまり、卵講ってわけですか」

講とは、金や物を互いに融通する者たちが結成した集まりである。伊勢参宮のために金を積み立てる「伊勢講」や、一定の順番で金を都合する「頼母子《たのもし》講」などが昔からあった。

「わしらは卵という品物を売るので、必ず儲《もう》けが出る。絶対に卵を買うと見込んだ客が一定の数いれば、売れ残る恐れもない」

客となる人物たちの見当をつけるために、中野たちは卵売りを訪ねたのだという。

「卵は高値で売れるはずだから、元金を出した者たちで儲けを分ければ、立派に利益を出せる」

中野は自信に満ちた表情で胸を張った。

「たまの気晴らしに使う茶代を、鶏の飼育に充《あ》てれば、内職で稼ぐくらいの金は優に儲かる。いや将来は、それだけで食っていけるようになるはずだ。新しい事業で豊かになる者が増え、客も出所の確かな卵を安心して買うことができるのだから、双方にとってよいことずくめではないか。豊かな者が増えれば、世の中のためにもなる」

師の言葉に心酔しきった表情で、源之丞が拳を握り固めた。

「どうだ、女将も加わってみては。ともに鶏を飼おうではないか」

「きよさーん、甘酒を一杯おくれよ！」

源之丞の声をかき消すように飛び込んできたのは、おせんである。

「甘酒が無性に飲みたくなっちまって、たまらないんだ」

鬢《びん》をかきむしらんばかりの勢いで身をよじりながら、おせんは「ああ」と声を上げた。

「とにかく今すぐ一杯おくれよ」

と言いながら店の奥へ入ってきて、ふと足を止める。長床几に座っている一同を見て、眉をひそめた。

「どうしたんだい、きよさんもすずちゃんも、お客さんと一緒に座り込んじまってさあ」

おせんの不躾《ぶしつけ》な視線にたじろいだように、中野の表情が一瞬強張《こわば》った。

しかし、すぐに笑みを浮かべる。

「女将、わしらの話はあとでよいから、そちらの注文を先に」

「あら、すいませんねえ」

おせんは愛想のよい声を上げた。

「で、どちらさまで？　きよさんの知り合いに、お武家さまはいましたっけ」

きよが腰を浮かせる。

「こちらは景星塾で教えていらっしゃる中野左膳さまと、生徒さんの倉田源之丞さまだよ。今日初めて、たまやへお越しくださったのさ」

おせんはかしこまって一礼する。

「あたしは、せんと申します。最福神社門前で小間物《こまもの》屋を営んでおります、柴田《しばた》屋の隠居でございます。お話の邪魔をしてしまったようで、申し訳ございません」

ちっとも申し訳ないと思っていないような表情で、おせんは微笑《ほほえ》んだ。

不意に、すずの頬《ほお》を温かい風が撫《な》でる。

と同時に、甘酒のにおいが急に調理場から強く漂ってきた。

「ああ、甘酒！」

おせんが、はっとした顔をすずに向けた。

「すまないけど、甘酒を今すぐ頼むよ」

「はい」

すずが立つと、そこにおせんが腰を下ろした。

「それで、きよさんたちに何のご用なんです？」

きよも座り直して、先ほどの話を説明する。

その間に、すずは調理場で甘酒を汲《く》んだ。

すずの体を温かい風が包み込む。

龍だ。

自分にも甘酒をくれ、と訴えているのだろうか。

「あとでお供えしますから、少し待っていてくださいね」

小声で語りかけると、温かい風に頬を撫でられた。

「へえっ、みんなで鶏をねえ！」

おせんの声が調理場まで響き渡ってくる。

「とても面白い案じゃございませんか。なかなか思いつけるものじゃありませんよ。元金を出した者は、いつでも好きな時に鶏を見にいけるんですか？」

おせんは興味津々で、遠慮なく中野たちに話しかけている。

中野が気さくに応じた。

「むろんだ。鶏の飼い主となった証《あかし》として、ちゃんと証文《しょうもん》も出すぞ」

「まあ、飼い主証文ですか！　何だか欲しくなっちまいますねえ」

すずが甘酒を運んでいくと、おせんはすぐに口をつけた。よほど甘酒が飲みたかったらしく、ごくごくと勢いよく飲んでいく。

おせんがこんなに甘酒を欲しがった姿を、これまでに見たことがあっただろうか……。

すずは違和感を抱きながら、長床几の脇に控えた。

ひょっとして、龍がおせんを連れてきたのではないかという気がしてきた。

だとしたら、いったい何のために？　龍は何を意図しているのだろうか。

すずが考え続けている間も、中野は熱心に話し続けている。

「元金を出すだけであれば、年老いた者が体に鞭《むち》打って働かずともよくなる。取り分が増えれば、今度は自分たちが卵を買う側に回ることもできるのだ」

おせんが感心したように唸《うな》った。

「中野さまのお話通りに事が進めば、願ってもない暮らしを送れそうですねえ」

「うむ、そうであろう」

「だけど何で、そんなにいい儲け話をみんなに広めるんです？」

おせんは首をかしげた。

「普通なら、自分たちだけで儲けようと思うんじゃありませんか？」

中野が一瞬、口をつぐんだ。

突如ぶわりと、黒いもやが中野の体から噴き出す。

すずは目をしばたたかせた。

「世のため人のため、とにかくよい商売をしようと、塾生たちみなで話し合ってな。わしは教え子たちの素晴らしい考えを、精一杯あと押しするだけよ」

すずは中野を凝視した。

中野から立ち上る黒いもやは、ますます濃く広がっていく。

「わしは景星塾で、利他の精神を、くり返し説いてきた」

噛《か》んで含めるように、中野は語る。

「教え子たちはみな優秀で、心優しく、まさに利他の――いや、自利利他の商売をしようとしておるのだ。自分たちだけが儲かればよいと思うような卑《いや》しい性根の者は、景星塾にはおらぬ」

源之丞がうなずいた。こちらからは、黒いもやが出ていない。

いったい、どういうことだ。この二人は、同じ考えで動いているのではないのか。

「信用して金を預けてくれた者たちを裏切るような真似《まね》は、絶対にしないと誓う」

中野が断言した。

「元金を出してくれる者たちには、決して損をさせぬ」

すずは頭を振った。

「嘘よ」

中野が目を見開いた。

「なにゆえ、嘘と申すのだ」

じっと見つめてくる中野の目は、どんよりと暗く濁《にご》っている。背筋がぞくりと震えて、すずは思わずあとずさった。

背中が温かい風に押し戻される。負けるな、と龍が励ましてくれているようだ。

すずは大きく息をついて、中野に向き直った。

「嘘だとわかる」と言い張っても、中野は納得しないだろう。

物心ついた時から備わっていたこの感覚を、どう言えば伝わるのか。伝えることなど、できるのだろうか。

「うちは、やめておきますよ」

きよの声が凛《りん》と響いた。

「この子が嘘と感じたのなら、きっとそうなんでしょう」

おせんも同意した。

「確かに、よくよく考えてみれば、ちょいと都合がよ過ぎる話かもしれないねえ」

源之丞が腰を浮かせる。

「中野先生は、嘘をつくような方ではない」

すずは目を凝らした。

ゆらり、と源之丞の体からも黒いもやが立ち上り始めている。

「中野先生は――中野先生は――」

「やめよ、もうよい」

中野は穏やかに微笑んで、源之丞の肩を叩いた。

「不安を抱いておる者を、無理に誘うことはできぬ。信じてもらえず残念だが、もう帰るとしよう」

中野は足早に表口へ向かった。源之丞が追っていく。その背中からは、黒いもやがたなびいていた。

二人の姿が見えなくなると、きよが気を取り直すように両手を打ち鳴らした。

「さてと。あたしたちは仕事に戻ろうかね」

「それじゃ、あたしも帰るよ」

と、おせんが立ち上がった。

「お代わりはいいのかい？」

空になった茶碗を受け取って、きよは首をかしげる。

「甘酒が無性《むしょう》に飲みたくなってたまらないって言ってたけど、一杯で足りたのかい」

おせんは口元に手を当てた。

「そういや、そうだったねえ」

他人事のように呟《つぶや》いて、おせんは甘酒が入っていた茶碗を見つめる。

「何でだろう、さっきは浴びるほど飲みたかったのに……今はもう、特に飲みたいとは思わないよ」

不思議そうに首をひねりながら、おせんは帰っていった。


おせんが帰って間もなく、宇之助が現れた。

まとっている着物は、いかにも安っぽい茶弁慶《ちゃべんけい》。すっかりお馴染みになった「がらん堂」の衣装だ。

後ろで一本に束ねた髪を風になびかせながら、宇之助は占い処の席に着いた。

すずが調理場の入口付近に控えると、宇之助の視線を感じた。じっと、すずを——いや、すずの頭のななめ上を見つめている。

「どうしたんですか?」

「ずいぶん親和を深めたものだと思ってな」

すずは宇之助の視線を追って、宙を仰いだ。

何もない。

いや、すずには見えないだけで、そこに龍がいるのだろう。

「そういえば、宇之助さんが龍を祓《はら》おうとした時、龍の姿が影となって見えましたけど。あたしに憑いている龍は、あの時の影みたいに黒いんですか？」

大きさを自由自在に変えられるとは聞いていたが、どんな色かまでは聞いていなかった。

今さらながらに興味が湧いてくる。

「こいつは青龍《せいりゅう》だ」

「へえ……青いんですか」

見つめている先から、小さな風が吹いてきた。龍がうなずいたのだろうか。

「どんなお顔をしているんですか？」

「神社仏閣で龍の彫り物などを見たことがあるだろう」

すずはうなずいた。

「髭《ひげ》があって、角があって、蛇みたいに体が長いですよね」

「あれと同じだ。色や顔つきなどは、個々の違いがあるだろうがな。それは人も同じこと」

ふと、宇之助が表口に顔を向けた。

「蕎麦はまだ残っているか？」

敷居の向こうに、一人の若い武士が立っている。どことなく、やつれた風情だ。

すずは慌てて歩み寄った。

「いらっしゃいませ。お一人さまでいらっしゃいますか」

「うん。たまやの蕎麦は美味《うま》いという評判を耳にして寄ってみたんだが、昼飯時を過ぎれば品切れになっていることも多いと聞いてな」

「ありがとうございます」

一礼して、すずは調理場を振り返った。きよが両手で大きな丸を作って、大丈夫だと合図を送ってくる。

「ご注文を承ります。どうぞこちらへ」

奥の長床几へ案内した。

「かけ蕎麦、盛り蕎麦、季節の蕎麦がございますが、どれになさいますか」

男は腰を下ろすと、小首をかしげた。

「季節の蕎麦とは、どんな物だ」

「旬の食材を具に使っている一品でございまして、師走《しわす》（十二月）の今は牡蠣《かき》蕎麦でございます。寒い中お越しくださったお客さまに暖まっていただけるよう、牡蠣と葱《ねぎ》を具にした蕎麦に、片栗粉《かたくりこ》でとろみをつけてあります」

「おう、それはいい」

朗らかな声を上げて、男は季節の蕎麦を注文した。

「それと、握り飯はあるか」

「はい。梅干しと、おかかがございますが」

「両方ひとつずつ――いや、ふたつずつ頼む。団子は食後のお楽しみにしよう」

すずは目を丸くした。

男は、にかっと笑う。

「少々くたびれた身なりだが、金ならあるぞ」

「あ、いえ、そのような」

「とにかく腹が減っているんだ。今日は朝から何も食わずに、散々歩き回ったもんでな」

「はあ……さようでございますか」

できあがった蕎麦と握り飯を運んでいくと、男はあっという間に食べた。

餡《あん》かけになっている蕎麦をすする際には「あちっ、あちっ」などと声を上げて、少しだけ食べるのが遅くなっていたが、それでも驚くほどの速さですべて平らげた。

「ああ、満足だ」

男は腹をさすりながら感嘆の声を上げる。

「ぷりぷりした牡蠣と葱の甘みが、つゆとよく絡み合って、絶妙だった。蕎麦の味も、つゆに負けていなかったしな。握り飯も、ふっくらとして美味かった」

ちゃんと味わっていたのだと、すずは感心する。

「食後の茶と団子を頼む。団子は、こし餡でな」

「かしこまりました」

運んでいくと、男は目を細めた。

「おお、これが噂《うわさ》のご利益団子か。縁起担ぎに、ここの団子を食べてから仕事に臨んだら、実に上手くいったという話を聞いたぞ」

すずはどきりとした。

先ほど中野もまったく同じようなことを言っていたが、まさか、この男も景星塾の一員では――。

「娘さん、あんた、鶏は好きかい」

すずは身を強張らせる。

「みなで少しずつ金を出し合って、江戸のはずれでたくさんの鶏を飼い、鶏が産んだ卵を売って儲けようという話があるんだが、あんたもやってみないか。ちょっとした小遣い稼ぎにはなると思うんだが」

すずは身構えた。険しい顔つきになっているのが自分でもわかる。

敵意がないことを示すように、男は軽く両手を上げた。

「おれは怪しい者ではないぞ。横山丹次郎《よこやまたんじろう》といって、畳《たたみ》奉行手代《てだい》を務める横山大膳《だいぜん》の三男だ」

　明かされた素性に嘘はないようだが、油断できない。

　すずは丹次郎を睨《にら》んだ。

　ふと気がつけば、きよが調理場の入口に立って、心配そうにこちらを見ている。

　宇之助の様子を窺《うかが》うと、丹次郎を凝視してはいるが、あまり警戒していないようだ。占い処から出てくる気配もない。

　龍も合図を送ってこないということは、この男は危険ではないのか……？

　すずは丹次郎に向き直る。

「その儲け話って、絶対に失敗しないんですか」

　すずは勇気を出して口を開いた。

「元金を出した者が損をしない話だと言い切れますか⁉」

　今この場には、宇之助がいる。もし丹次郎から黒いもやが出てきたら、きっと、すぐに対処してくれるだろう。

　だが丹次郎は、あっさりと首を横に振った。

「そんなものはわからん」

　予想と違う返答に、すずは拍子抜けした。

「あの、都合のいい儲け話なんて、世の中にそうそうないと思うんですけど……」

言外に「怪しんでいます」と告げると、丹次郎は笑いながら肩をすくめた。

「まあ、そうだよな。もっともな意見だ」

丹次郎は茶を飲んで、ひと息つく。

「生き物を扱う商売は難しい。暑さや寒さで鶏が元気をなくしたり、鳥の病に罹《かか》って死んだりするかもしれない。野犬や狸《たぬき》に襲われて、食われてしまうかもしれないしな」

屈託のない表情で、丹次郎は続ける。

「おれは、どうせ飼うなら、珍しい鶏がいい。好事家《こうずか》に高値で売れるような」

江戸時代には、観賞用の鶏が作り出されている。鳴き声を愛《め》でる種としては、東天紅《とうてんこう》や唐丸《とうまる》が有名だ。尾羽の長さなど姿を愛でる種としては、長尾鶏《ちょうびけい》や簑曳《みのひき》が有名である。

「鶏の声を競う『鳴き合わせ』というのがあるだろう。あれで名鳥だと認められれば、高値がつくんじゃないか。奇品好みの粋人を相手に商売したほうが、絶対に儲かると思うんだが」

「そいつぁ嘘だなあ」

宇之助が占い処から声を上げた。

「丹次郎さまは、珍しい鶏の絵を描きてえだけでございやしょう」

江戸弁丸出しの「がらん堂」口調で、宇之助は丹次郎の右腕を指差す。

「袖《そで》に絵の具がついちまってますぜ」

丹次郎は右袖の裾《すそ》を持ち上げた。確かに、絵の具らしき白い汚れがついている。

「まいったな。これは新しい汚れだ。きっと昨夜つけてしまったんだろう。夜通し描いて疲れていたから、気づかなかった」

すずは丹次郎の着物に目を走らせた。黒っぽい縞柄《しまがら》なので、宇之助が指摘するまで気づかなかったが、あちこちが点々と汚れている。茶色の染みはあまり目立たないが、白や黄色などの「いかにも絵の具」という跡は、いったん気づいてしまえばどうしても目がいった。

丹次郎が表口に立った時、どことなくやつれて見えたのは、寝不足だったからか。

夜通し絵を描くほど好きなのか。

すずの疑問に答えるように、丹次郎がうなずく。

「かつて伊藤若冲《いとうじやくちゆう》という画家が、鶏の見事な絵を描いた。若冲は、自宅の庭で何十羽もの鶏を飼っていたというんだ」

丹次郎はうっとりした表情で目を細める。

「ああ、おれも、あんな絵を描いてみたい」

丹次郎は宇之助に向き直った。

「それにしても、あんた、よく気づいたな」

宇之助はにっこり笑う。

「商売柄、人さまの身の上なんかを当てるのは得意でございやしてねえ」

丹次郎は首をかしげる。

「商売とは」

「占い師でございやす。この茶屋では『がらん堂』って名で商売をしておりやしてね」

「へえ、占い師……」

丹次郎は興味津々の目で、じっと宇之助を見る。

「身の上を当てるのが得意だと言ったが、おれのことはわかるか？」

花札を並べるための文机《ふづくえ》代わりにしている長床几の上に、宇之助は身を乗り出した。

「丹次郎さまは今、絵のことで悩みを抱えていらっしゃる——違いますか？」

唖然と目を見開いて、丹次郎はうなずく。

「そう、そうなのだ……父上は、おれが絵を描くことをよしとしない。絵などやめて、早く立派な婿《むこ》入り先を見つけろと、いつも小言ばかり並べている」

丹次郎は膝の上で拳を握り固めた。

「おれが一向に絵をやめぬものだから、父上はじれたあげくに、おれを無理やり景星塾へ放り込んだ」

すずは内心「あっ、やっぱり景星塾！」と声を上げるが、丹次郎の話をさえぎらぬよう口をつぐんでいた。この場は宇之助に任せておけば大丈夫だろう。

物音を立てぬよう、そっと調理場の入口付近まで動いた。きよと二人で、さりげなく丹次郎の様子を窺う。

「景星塾は、部屋住みが多く集まっている私塾でな。研鑽を積んで男を上げ、いい婿入り先を探そうと、みんな励んでおる。父上と同じ職に就いておられる方の次男も、景星塾で学んだおかげで良縁を得たというのだ」

宇之助は「へえ」と相槌《あいづち》を打って、話を先へ促した。

丹次郎の父、大膳は、同輩の子が景星塾に入ってから変わったと聞いて「これだ」と思ったという。

同輩の次男は覇気《はき》がなく、子供の頃からいつも長男の陰に隠れていた。傍目《はため》にも弱々しく見えていたのだが、塾の仲間たちと学び、さまざまなことを話し合う中で、生き生きとしてきた。俄然《がぜん》やる気を出して、人前でも堂々と振る舞うようになった。

その姿を目にした上役の口利きで、婿入り先が見つかったのだ。素晴らしい塾に巡り会えて倅《せがれ》は幸せだ、と同輩は大膳に語っていた。

――景星塾は今年の春に開かれたばかりなのだが、とても立派な御仁《ごじん》が教えておられる。集まる若者も、みな素晴らしい――。

同輩の言葉に、大膳は決めた。

――よし、丹次郎も入塾させよう――。

話を聞きつけた他の同輩たちも、こぞって息子を入塾させると言い出した。

――うちの次男も景星塾で鍛えてもらいたい――。

――それがしは三男と四男を預けたい――。

すべての同輩が部屋住みを抱えているわけではないが、もし入塾者が殺到して、万が一にも申し込みを断られたら大変だ、と大膳は考えた。もうこれ以上、他家に後れを取ってはならんというあせりもあったのだろう。大膳は丹次郎の首根っこをつかみ、無理やり景星塾へ引っ張っていった。

――しっかり励まねば、絵の道具をすべて捨てるぞ――。

「そう脅されて、おれは仕方なく塾に通い始めた」

丹次郎は大きなため息をつく。

「紙や絵の具は、おれが傘張りの内職などをして得た金で買っているのだが、勝手に塾をやめたりしたら、今後は内職の金もすべて取り上げるというんだ。どうしようもない穀潰《ごくつぶ》しだと判断した時には、仏門に入れると言われてな」

宇之助は苦笑した。

「丹次郎さまは、絵を続けるために仕方なく入塾なさったんですねえ。それじゃ、やる気が出ねえのも当たり前だ。先生の覚えだって、めでたくはねえでしょう」

「まあ、自業自得さ」

がっくりと肩を落として、丹次郎は長床几に手をついた。

「塾のみんなは偉いよ。利他の心で生きようと言って、身分を問わず豊かに暮らす術《すべ》を模索している」

「例えば、さっきの、鶏で儲けようって話とか？」

宇之助の言葉に、丹次郎はうなずいた。

「鶏の商売については、上手くいくかどうか、おれには正直よくわからんが……」

宇之助は目をすがめた。

「景星塾では、みんなで鶏を飼おうって計画を熱心に広めようとしているようですねえ。一人も勧誘できなかったら、塾をやめさせられるとかって話もあるんですかい」

「そうなんだよ……」

丹治郎は深刻そうな顔でため息をついた。

「だから、たまやでも鶏の話を薦めようとしたんだ。今、塾をやめさせられたら、父上は激怒して、今度こそ本当に絵の道具を捨てられかねない。だが、けっきょく、上手くいかなかったがな」

宇之助は笑った。

「ひょっとして、たまやの団子にご利益があるっていう話も、景星塾で指導された言い回しのひとつなんじゃありませんか。まずは勧誘したい店を褒めて、相手をいい気分にさせろ、ってとこかなぁ」

丹次郎は、ぎょっとしたように目を見開いた。

「なぜ、そこまでわかるんだ」

宇之助は笑みを深める。

「だって丹次郎さま、真っ先に注文したのは蕎麦だったじゃありやせんか。その次は握り飯で、団子は一番最後だ。どう考えたって、たまやの団子にご利益があると思っているようじゃありませんでしたぜ」

丹次郎は自嘲《じちよう》めいた笑みを浮かべる。

「おれは、わがまま者なんだ。絵を描くことしかやりたくないと言って、家族を困らせている。それはわかっているんだ」

駄々をこねる幼子のように、丹次郎は身をよじった。

「塾なんて、今すぐやめたくてたまらない」

だが親の手前やめられない、と丹次郎は嘆く。

「おれは、いつもぶらぶらと歩き回り、道端に這《は》いつくばって絵を描いていた」

道端に生える草花や、その根元を歩く虫たちを、熱心に写生したという。

武士の子が、みっともない――そう後ろ指を指されても、丹次郎はまったく気にしなかった。他人目《ひとめ》などどうでもよいと、誰の言葉にも耳を傾けなかった。

しかし家族は違う。隣近所から冷ややかな目で見られたり、同情されたりして、長年ずっと肩身の狭い思いをしてきたのだ。

「いい年をして……と、我ながら思うよ。父上の小言も、もっともだ」

家族の気持ちを考えると、勝手に塾をやめることもはばかられる。

「だが、絵だけは絶対にあきらめられんのだ」

「あきらめないことも、立派な才のひとつだと思いやすがねえ」

丹次郎は息を呑《の》んで、まじまじと宇之助を見返した。

宇之助は微笑む。

丹次郎は微笑とも苦笑ともつかぬ笑みを浮かべた。

「一緒に入塾した幼馴染みも、おれに絵をやめろとは言わんのだ」

同じ家柄の三男同士、昔から気が合うのだという。

「やつは、おれと違って優秀だ。先生の覚えもめでたい」

幼馴染みは「景星塾に入ってから絵に充てる時が減った」といら立つ丹次郎を心配してくれているという。

――少し、塾の活動にも身を入れてみたらどうだ。嫌々通っておるから、よけい嫌になってしまうのではないだろうか――。

「これまでと違う考えを持ってみろと、やつに諭されたよ」

——絵をやめろと言っておるのではない。ただ、少し他のことにも目を向けてみたらどうだと言っておるのだ。絵師として今すぐ大成できるわけではないのだから、絵を続けるためにも、他の仕事を覚えておいたほうがよいのではないか——。

内職ならしていると答えた丹次郎に、幼馴染みは頭を振った。

——鶏の事業は、傘張りよりもずっと、やり甲斐《がい》があるはずだぞ。人を豊かにできる商売なのだからな。それに、勧誘のため町人たちと話すのも楽しい。同じ身分の者たちだけで集まっていると、なかなか知ることのできぬ話も学べる。おまえだって、絵の具屋や筆屋と話をするのは楽しいと申しておったではないか——。

それは絵に関わる話ができるからだと丹次郎が返せば、幼馴染みは「同じことだ」と言い張った。

——相手に興味を持ち、誠意を持って語り合えば、誰とでも充実した時を過ごすことができる。わたしは今、身をもって、それを学んでいるのだ。異なる身分や立場の者たちとも、きっと通じ合える、と先生もおっしゃっていたぞ——。

そんな話、丹次郎はされたことがない。

——おれは先生にも見放されているからなあ——。

だから気楽でよいと丹次郎は思っているのだが、幼馴染みは「違う」と明言した。

——先生は、塾のみなに期待していらっしゃる。とにかく一日だけでもよいから、塾の活動をしっかりやってみろ――。

熱心に促され、うなずきかけた丹次郎だったが、ふと疑問が頭をもたげてきた。

――しかし鶏で儲けようなどという話は、本当に成功するんだろうか。絶対に大丈夫だと、おまえは思っているのか――。

丹次郎の問いかけに、幼馴染みは一瞬口をつぐんだという。

そして明らかに作り笑いで答えた。

――先生は、言い切ることが大事だとおっしゃっていたよ。こちらが不安そうにしていると、相手にも不安が移って、どんなに素晴らしい話でも信じてもらえなくなるのだそうだ――。

「やつは、自分自身に言い聞かせているようだった」

――わたしは先生を信じている。やればできると励ましてくださった先生を、信じているんだ――。

そう言い切った幼馴染みの表情があまりにも必死だったので、丹次郎はそれ以上もう何も言えなくなってしまったのだという。

「まあ、思うところがないわけでもなかったが、景星塾の者たちは利他の心を追い求めて熱心に学んでいる。その姿勢には本当に感服しているんだ。だから、やつに言われたように、おれも一日くらいは塾の活動をやってみようかと思ってな」

しかし駄目だった、と丹次郎は笑った。

「朝から何軒かの商店に飛び込み、鶏の話をしてみようと思ったのだが」

いきなり商売の話をするのもどうかと思い、挨拶《あいさつ》がてらに雑談などしていたら、それが大いに盛り上がって、鶏の話など忘れてしまったのだという。

「鶏の話を一軒もしないまま終わってはいかんと思い、たまやでは何とか勧誘してみようと思ったのだが、それも失敗したな」

たまやの前に寄った貸本屋では、飾ってあった絵から目が離せなくなったのだと丹次郎は語る。

「店主が手慰《てなぐさ》みに描いた絵だというのだが、素人離れした腕前でな。つい、おれも描くのが好きだと言ってしまった。そうしたら、ちょっと描いてみてくれと店主に言われ……」

店主がいそいそ用意した紙と筆を手に取ってしまった。

そこから先は、言わずもがな。丹次郎は夢中で描いた。

店主は急《せ》かすことなく、長い間じっと丹次郎を見守っていたという。

描き上がった絵を見て、店主は唸った。

――お武家さま、こりゃあ、ひょっとして売れるかもしれませんよ――。

ただの道楽で終わらせるにはもったいない、と店主は言った。

――御家を継がないのであれば、絵の道に進んだらいかがです。跡継ぎとして生まれなかったのは、絵師になるための運命だったからかもしれませんよ――。

本来であれば「どうせ世辞だ」と話半分に聞き流すところかもしれないが、丹次郎は違った。

「こんなに熱心に褒《ほ》めてくれるのだから間違いない、おれに絵の道は合っている、と思えて仕方なかったんだ。今日だけは塾の活動をしようという気になったのも、あの貸本屋の言葉に巡り合うためだったのではないかと思えた」

宇之助はじっと丹次郎の顔を見つめた。

「儲け話の勧誘をしながら、その心の裏では、全部断られればいいと思っていたんですね？」

丹次郎が目を伏せる。

「今日一日が終わるまで、鶏の話に乗ってくる者が一人もいなかったら、おれはやっぱり絵の道に進もう――そう思っていた」

宇之助は目を細めた。

「占ってみましょうか」

宇之助は占い処の客席を指差した。

「占いをする者は、たまやの品も何かひとつは頼まなきゃならねえっていう決まりなんですがね。丹次郎さまは、もうじゅうぶん召し上がっておいでだ。いかがですか？」

丹次郎は促されるまま、宇之助の向かいに腰を下ろした。

「それじゃ、丹次郎さまが絵の道でやっていけるかを占うってことでいいですかい」

「うん――」

宇之助は懐《ふところ》から花札が入っている小箱を取り出した。

「あっ、ちょっと待ってくれ」

丹次郎の声に、宇之助は動きを止める。

「やっぱり、おれは占わなくていい」

丹次郎は殊勝《しゅしょう》な顔で、宇之助が手にした花札の箱を見つめている。

「たとえ占いで『絵の道に進むのはやめろ』と出ても、やめられないだろうからな。絵の道に進むかどうかは、自分で決めることだ」

丹次郎は「だが」と続ける。

「おれの友人を占ってもらうことはできるだろうか」

宇之助は小首をかしげた。

「もしかして、先ほどおっしゃっていた幼馴染みの方ですかい」

丹次郎はうなずく。

「やつも今、悩んでいるんじゃないかと思ってな。心配なんだ。どんなやつかわかれば、占えるか？」

宇之助は思案顔になった。

「まず名前が必要ですね。それと、顔形なんかもわかったほうが、占いやすくなりますねえ。いっさい何もわからねえってよりは、正確さが増す」

丹次郎は懐から小さな画帳を取り出すと、腰に下げていた矢立《やたて》をはずした。さらさらと筆を動かし、紙に人の顔を描いていく。

「これで、どうだ」

丹次郎が長床几の上に画帳を置いた。

「あっ」

きよが紙面を覗き込み、声を上げる。

「この人、さっきの！　倉田源之丞さまだよねえ！」

丹次郎と宇之助の視線が、きよに集まった。

「女将、知っておるのか」

「ええ、実は……」

きよは一歩前に出て、先ほどのやり取りを語った。

「丹次郎さまも同じ塾の方だったのか、とは思っておりましたが、まさか幼馴染みが源之丞さまだったとは」

宇之助が「なるほど」と声を上げる。

「それで二人とも、さっきから物言いたげな顔つきで丹次郎さまを見ていたのか」

すずはきよと顔を見合わせた。さりげなく見守っていたつもりだったが、抑えきれぬ興味が顔から溢《あふ》れていたのだろうか。

丹次郎は、きよとすずを交互に見る。

「源之丞はどんな様子だった?」

何と言ったらよいものか判断しねるように、きよが小首をかしげた。

「一生懸命でしたよ。世のため人のために頑張ろうとしておられるご様子でした。中野さまのことも尊敬していらっしゃるみたいで……」

きよは言葉を切って、すずを見る。

すずはちらりと宇之助を見た。宇之助が片眉《かたまゆ》を上げる。

気になることがあるなら言ってみろ——そう目で促された。

すずは思い切って口を開く。

「中野さまも、源之丞さまも、嘘をついていると思いました」

丹次郎が腰を浮かせた。

「源之丞は誠実な男だ」

「ええ、でも、先ほど丹次郎さまもおっしゃっていたように、鶏の儲け話が本当に成功するのか不安がっていらっしゃるように見えました」

丹次郎が黙り込む。

すずは続けた。

「それと……中野さまは、本当に信用できるお方なんでしょうか」

すずは宇之助に目を移す。

「あの、黒いもやが」

丹次郎の前で詳しく説明するのははばかられたが、そっと小声で告げると、宇之助はすぐにうなずいてくれた。

箱の中から花札を取り出すと、宇之助は丹次郎に向き直る。

「それじゃ、ご友人を占ってみましょうかねえ」

丹次郎は居住まいを正した。

「景星塾は成績順で二組に分けられているんだが、源之丞は今、上級になるための試験を受けておる最中なんだ」

その試験というのが、鶏の儲け話への勧誘なのだという。

「十人以上を勧誘することができれば、利他の心を世間に広められたという判断を下されるらしくてな」

また、巧《たく》みな話術を持つ者は、学んだことを下の者に教えられる力量があると判断される。いずれ教える側に回る道も考えられる、と中野は語っているらしい。

「源之丞からの又聞きだ。おれは出来の悪い生徒だから、先生から何も言われたことがない」

宇之助は、ふんと鼻を鳴らした。

「それじゃ、ご友人の倉田源之丞さまが試験に受かるかどうか占えばよろしいんで？」

丹次郎は首を横に振る。

「あいつはきっと受かるさ。受かったあと、どうなるのか占って欲しい」

「源之丞さまが上級でやっていけるかってことですかい」

丹次郎はうなずく。

「能力には問題ないと思う。ただ……」

宇之助は眉をひそめた。

「景星塾が本当に大丈夫なのかってことですかい。中野って先生を、本当に信用していいものかどうか」

丹次郎は唇を引き結んだ。

「源之丞を始め、熱心に学んでいる者もいる。疑いたくはないのだが……」

宇之助は花札を切り始めた。

「どう出るか、占って見ましょう」

「頼む」

手際よく札を切り終えると、宇之助は絵柄を伏せたまま、右手でざっと川を描くように長床几の上に広げた。

丹次郎は珍しい物を見るように、端から端まで札を眺め回す。

宇之助は左手の人差し指をぴんと立てて額の前にかざすと、精神統一をするように瞑目《めいもく》した。そして目を開けると、左手で一枚を選び取る。

表に返された札が、丹次郎の前に置かれた。

「柳《やなぎ》に燕《つばめ》――」

宇之助はじっと札の絵を見つめる。

「ああ……こりゃあ……」

宇之助が顔をしかめた。

「かなり危ねえ。一刻も早く景星塾をやめたほうがいいですぜ」

「何だって」

丹次郎は長床几に手をつき、絵札を凝視する。

宇之助が札に描かれた燕を指差した。

「今はまだ、柳の枝の間を上手く飛んでいますがねえ。この柳は悪意を持っている。風にそよいでいると見せかけて――」

宇之助は札の上で両手を握り合わせた。

「枝の中に燕を閉じ込め、二度と出られねえようにしちまうんでさ」

丹次郎は首をかしげて宇之助を見た。

「この燕が、源之丞だと言うのか」

宇之助はうなずく。

「悪意を持つ柳は、中野って野郎です。塾に集まった方々を囲い込んで、悪事を働こうとたくらんでいやがる姿が、札の中に視《み》えていますぜ。早く離れねえと、身の破滅だ」

「そんな」

丹次郎は札に目を戻した。

「鶏の話など、多少胡《う》散《さん》くさいとは思っていたが……身の破滅だなんて……」

「絶対に失敗しない商売なんて、世の中にありません」

宇之助は断言した。

「利益が出ることだけ並べて、不利益が出る恐れについてまったく触れねえなんざ、中野は間違いなく悪人ですよ。このまま関わっていると、詐《さ》欺《ぎ》働きに一役買っちまう羽目に陥る」

丹次郎は唸った。

「急がねえと、お二人ともお縄になっちまいますぜ」

丹次郎は大きなため息をついて、宙を仰いだ。

「まさかと思う一方で、やっぱりと思う自分がいる。塾の活動が何やら腑《ふ》に落ちぬというおれの勘は、当たっていたのか」

「最初にぴんときたことってえのは、けっこう正しいもんなんですぜ」

宇之助の言葉に、丹次郎は微笑とも苦笑ともつかぬ笑みを浮かべた。

「景星塾をやめる決心がついたのだから、たまやへ入らねばならぬと思った勘も当たっていたのかな」

たまやの前に寄った貸本屋で、絵の道に進みたい気持ちがむくむくと膨れ上がった丹次郎は、もうこれで帰ろうと思っていた。腹も減っているし、どこかで寿司《すし》でも買って帰路に就こうと、店を探していた。

しかし、その最中、どこからともなく醬油《しょうゆ》の深く澄んだにおいが漂ってきて、たまらなく蕎麦が食べたくなったのだという。

「あれは蕎麦つゆのにおいだった」

鰹出汁《かつおだし》の利いた極上のつゆのにおいだと確信した丹次郎は、居ても立ってもいられなくなった。

蕎麦屋を捜そうと周囲に目を向けた瞬間、唐突に、たまやを思い出したのだという。

「たまやは茶屋だが、本職の守屋の指導を受けているので、蕎麦がとても美味いという評判を聞いていたんだ」

と同時に、亡き祖父も思い出した。

「蕎麦が好きな人でな。よく、おれも一緒に蕎麦屋へ連れていってもらった」

幼い頃の話だから店の名前までは覚えていないが、二階に座敷がある立派な蕎麦屋から、大川沿いの薄汚れた屋台まで、さまざまな店に二人で行った、と丹次郎は懐かしそうに語る。

「ここしばらく、祖父の顔を思い出すこともなかったのに」

今すぐたまやへ行かねばならんと強く思った丹次郎は、福川町へ足を向けた。その間ずっと、祖父の笑顔が頭に浮かんでいたという。

「季節の蕎麦を食べている時は、隣に祖父が座っている気がしてな」

宇之助は鷹揚《おうよう》にうなずいた。

「ずっと見守ってくださっているのかもしれませんねえ」

丹次郎は顔をほころばせた。

「そうだといいな——いや、きっとそうだと思う。祖父は、おれをとても可愛がってくれたから」

丹次郎は札の中の燕に向き直った。

「源之丞……」

丹次郎は瞑目《めいもく》する。

「この世には金で買えないものがある、と祖父はよく言っていた。そのひとつが、友人だとな」

丹次郎の祖父も友を大事にし、相手が困っていれば進んで手を差し伸べていたという。

丹次郎は目を開けて立ち上がった。

「景星塾をやめる。源之丞も一緒にな」

力強く言い切ると、丹次郎は去っていった。

その後ろ姿が見えなくなってから、すずは宇之助の前に立つ。

「丹次郎さまのお祖父《じい》さま、一緒にご来店されていたんですか？」

宇之助は肩をすくめる。

「さあな」

「季節の蕎麦を召し上がっている時は、丹次郎さまのお隣にいらしたんじゃありませんか？」

宇之助が横目ですずを見る。

「何か感じたのか？」

「いえ、何も」

「中野と源之丞さまから黒いもやが出た時のことを、詳しく話してくれ」

「あ、はい」

すずは改めて状況を語った。宇之助は花札を箱にしまいながら、じっと耳を傾けている。

やがて、すずが話し終えると、宇之助は腕組みをして宙を眺めた。

「中野は明らかに、悪だくみをしていたんだろう。世のため人のためなんていうのは真っ赤な嘘で、本当は自分だけ儲けようとしているんだ。鶏の話は、詐欺だな」

宇之助は事もなげに言う。

「源之丞さまのほうは、きっと本気で世のため人のためにできることがあれば、と思っているんだろう。だが、儲け話には疑問を抱いているはずだ」

商売っ気などまるでない丹次郎でさえ、生き物を扱う難しさを指摘していたのだ。上級になる見込みのある源之丞が、それに気づかぬはずがない。

「丹次郎さまもおっしゃっていたように、景星塾を信じるのだ、と自分に言い聞かせているに違いない」

宇之助は目をすがめた。

「だが、中野が嘘をつくような人物ではないとかばった時、本当に信用してよいものかどうか、疑念が強く噴き出してしまったのだろうな」

「それが黒いもやとして現れたということですか？」

「おそらく」

宇之助は腕組みをしたまま、すずの頭上に目を移した。

「それから、おせんさんは、龍が呼んだのだと言っている」

「えっ、やっぱり」

すずは自分の頭上を見上げた。

「きよさんとすずの二人だけでは、中野に押し切られやせぬかと少々心配になったそうだ。いざとなれば、力ずくで中野たちを追い出すつもりだったらしいが」

「力ずく……ですか」

突風を起こして、中野たちを外へ放り出すつもりだったのだろうか。

もし龍が容赦《ようしゃ》なく力を振るえば、店内がめちゃくちゃになっていた恐れもあるのではないかと、すずは内心あせった。

宇之助は口角を上げる。

「すっかり守護神気取りだな」

すずの頭上から、ひゅっと風が吹いてきた。まっすぐに宇之助の顔へ向かっていく。

顔の真ん中に強く吹きつけられて、宇之助はしかめっ面になった。

「うっ」

「怒る必要はないだろう。本当のことなんだから——え？　守護神気取りではなく、守護神なのだと？　おまえ、自分が神獣《しんじゅう》になったつもりでいるのか。ついこの間まで、ただの野獣だったくせに」

すずの頭上で風が勢いよく渦巻く。憎まれ口を叩く宇之助を攻撃するつもりだろうか。

「待って、喧嘩《けんか》は駄目よ」

見えない龍に向かって、すずは語りかけた。

「あたしとおっかさんを守ってくれて、ありがとう。龍さんがいてくれると、とても心強いわ。お礼に、甘酒をあげましょうね」

渦巻いていた風がやんだ。すずの首筋に、温かい風が絡みついてくる。

どうやら龍は機嫌を直したらしい。

すずは調理場へ向かうと、茶碗に甘酒を汲んだ。裏庭の御霊泉の前に供えると、水面《みなも》が突然ぱしゃぱしゃと波立った。龍が喜んでいるようだ。

その場にしゃがむと、すずは静かに手を合わせた。

「これからも、あたしたちを守ってください」

御霊泉の真ん中から、大きな水しぶきが上がった。

おう、任せておけ——どこからか、龍の頼もしい声が聞こえてくるような気がした。

✿

丹次郎はたまやを出ると、まっすぐ倉田家へ向かって駆けた。

すぐ横を、亡き祖父が併走《へいそう》してくれているように思えてならない。

がらん堂の言葉が頭によみがえる。

――急がねえと、お二人ともお縄になっちまいますぜ――。

そんな状況には絶対しない。

最初にぴんときたことが本当に正しいのであれば、このまま突っ走るのみだ。

倉田家の目前で、よく見知っている後ろ姿が見えた。

「源之丞！」

叫ぶと、すぐに振り返った。その顔には、疲労の色が濃く出ている。

「どうした丹次郎、そんなに慌てて」

微笑んだ源之丞が、ひどく痛々しく見えた。

「おまえ、この頃、急に痩《や》せたのではないか」

丹次郎の問いに、源之丞は首をかしげる。

「試験中で緊張しているのかもしれんな。上級になれるかどうかの瀬戸際だから」

丹次郎は頭を振って、源之丞をまっすぐ見据えた。

「このまま中野先生を信じ続けてよいものか、悩んでおるのではないか」

「何を突然――」

源之丞は途中で黙り込む。

「本当は、鶏の商売も危ないと思っておるのではないか」

丹次郎の言葉に、源之丞は息を呑む。

「ほら見ろ」

「失敗を恐れていては何もできん」

源之丞は虚勢を張るように胸をそらした。

「畳奉行さまが、景星塾の話を耳になさったそうでな。ほら、入塾してから人が変わったように生き生きとして、婿入り先が見つかった方がいただろう」

「ああ」

「景星塾は大変よい塾のようだ、誰の倅が上級になっているのか、と強い興味をお示しになったそうで」

どこか虚《うつ》ろな目で、源之丞はにっこり笑った。

「何が何でも、わたしも上級にならねば。畳奉行さまの覚えがめでたくなれば、よい婿入り先を紹介していただけるかもしれんからな」

頑張るぞ、と続けた源之丞の声は、か細い悲鳴のように聞こえた。

「もうやめよう」

丹次郎は思わず、源之丞の腕をつかんだ。

「おれと一緒に景星塾をやめるのだ」

ものすごい勢いで、手を振り払われた。

「何を言う！　わたしたちは何のために入塾したと思っているんだ！」

今度は逆に、源之丞が丹次郎の腕をつかんできた。

「期待に応えなければ――わたしが成功し、認められれば、父上や兄上たちの名誉にもなる。わたしは三男としての役目を、しっかり果たさねばならぬのだ！」

揺さぶってくる源之丞の力は非常に強く、爪《つめ》が腕の肉に食い込んできて痛い。

だが、それより何より、源之丞の血走った目が怖かった。

「誰の期待に応えねばならぬのだ。誰に認められるために生きておるのだ。三男としての役目とは、いったい何だ？」

問いかけると、源之丞が動きを止めた。ゆっくりと手が離れていく。

「おまえにはわからんだろう」

源之丞がまた笑った。

「誰からも期待されぬと嘆いていたが、わたしにはそれがうらやましい」

源之丞の笑顔が泣きべそに変わっていく。

「おまえ、上級の試験がつらいのだろう。相当追い詰められているぞ」

一人でも多く儲け話に勧誘しろ、と中野に厳しく叱咤《しった》されているのだろうか。まさか折《せっ》檻《かん》などは受けていないだろうが――。

「明日から塾へ行くのはやめろ」

「今さら、やめることなどできん」

「中野先生を信じるのは、もうやめろ！」

ふと、丹次郎の頭の中に、茶屋の娘の声が響いた。

──中野さまも、源之丞さまも、嘘をついていると思いました──。

嘘……そうだ、嘘だ……。

あの娘の言葉が真実だと思えて仕方なくなる。

丹次郎はじっと源之丞の目を見た。

「中野先生は、きっと嘘をついている」

「そんなはずはない」

だが、言い返した丹次郎の視線は動揺したように揺れている。

「わたしは先生を信じている」

「嘘だ」

丹次郎は断言した。

「おまえだって本当は、先生を信じてなんかいない。親も兄弟も、世間の外聞《がいぶん》もすべて無視して、景星塾から逃げたくてたまらないんだろう！」

源之丞はくしゃりと顔をゆがめた。

「黙れっ」

大声で叫ぶと、身をひるがえして駆けていく。

「待て！」

追いかけたが、素早く家の中に駆け込まれた。倉田家の下男に取り次ぎを頼んだが、源之丞は出てこない。下男を通して「早く帰れ」と告げてくる。

「おれはあきらめぬぞ！」

源之丞の部屋まで声が届くよう叫んだが、反応はない。仕方なく、この日は引き下がることにした。

それにしても、あと味が悪過ぎる――。

帰路に就く丹次郎の頭の中を、源之丞と中野の顔が駆け巡った。

源之丞の様子は尋常《じんじょう》ではなかった。友の身に、いったい何が起こっているのか……。

試験にかこつけて将来への不安をあおり、中野が源之丞を取り込もうとしているようにしか思えなかった。


がらん堂が引いた「柳に燕」の絵札が、まぶたの裏によみがえる。

柳の枝が意思を持って動き、ぐしゃりと燕を握り潰す様が、今にも見えてきそうな気がした。

たまやの店内に飾られた南天《なんてん》の実が、赤く艶々《つやつや》と光っている。青々とした葉も美しい。裏庭から一枝切った物だ。

「いよいよ年末だねえ」

客が途切れた昼過ぎに、きよが南天の前に立って目を細めた。

「すずが歳の市で買ってきてくれた松と笹も表に飾ったし、これで年越しの支度は終わったね」

「ええ、おっかさん」

きよは小首をかしげて、すずの顔を覗き込む。

「何だか浮かない顔じゃないか。まさか、また体調が悪いってんじゃないよね？」

すずは首を横に振った。

「大丈夫。あたしは元気よ。ただ……」

「景星塾か」

宇之助が占い処から声を上げた。

「あの二人がどうなったか、気になっているんだろう」

すずはうなずく。

「黒いもやを見てしまったものですから」

「あまり気にしないほうがいい」

宇之助の冷静な声が響いた。

「気づき過ぎるというのも、考え物だ。際限がなくなってしまう恐れもあるからな」

「どういう意味ですか」

「おれと出会い、龍の守護を得たことで、おまえの中に存在していたある種の霊力が上がったのではないか——という話は以前したな？」

「はい」

「おまえは何の修行《しゅぎょう》も積んでいない。霊力が上がっても、制御できねば、力に振り回されるだけだ」

きよが宇之助に詰め寄る。

「霊力のせいで具合が悪くなることもあるのかい」

「あるかもしれん」

きよは悲痛な顔になる。

「そんな」

「龍が憑いているから、多少のことは大丈夫だと思うが」

宇之助はすずの頭上に目を向けた。龍と何か話しているように、しばし宙を見つめてから、うなずく。

「今後もし、黒いもや以外の何かが視えるようになったとして——こちらが気づいたことにあちらが気づけば、無用な交わりが生じてしまうかもしれない」

すずは眉をひそめた。

「黒いもや以外の何か、って」

「人ならぬ物と対峙する覚悟はあるか？」

宇之助の問いに、すずは口をつぐむ。

「そんな覚悟など普通は持たなくていいんだ」

宇之助は微笑んだ。

「おまえはただ健《すこ》やかに暮らしていればいい」

きよが大きくうなずく。

「袖振り合うも多生《たしょう》の縁っていうし、お客さんを心配するのも悪かないけどさ。あちらにはあちらの人生があって、こちらにはこちらの人生があるんだから、宇之助さんの言うように、あまり深く考えないほうがいいよ」

「ええ……そうね」

人さまの心配をして、自分が心配されるのは本末転倒だ。それに、すずにできることは何もないのだ。

「気晴らしに、ちょいと外を歩いておいでよ」

すずの思考を景星塾からそらそうとしてか、きよが勧めてきた。

「おなつちゃんのところへでも行ってみたらどうだい。ここんとこ、ご無沙汰《ぶさた》じゃないか」

ご無沙汰といっても数日のことだが、おなつの顔を思い出したら、会いたくなった。

「それじゃ、ちょっと行ってみようかしら」

促すように、温かい風がそっと背中を押してきた。

龍に誘われている――そう感じながら、すずは表へ出た。

おなつの家は、浅草田原町《たわらまち》一丁目にある半田屋《はんだ》という提灯屋《ちょうちん》だ。

たまやを出て左へ進まねばならぬのに、すずの足はなぜか右へ向かっていた。頭で考えていることに、体の動きがついていかないのである。

いや、ついていかないどころか、まったく反対の動きをしてしまっている。

これはいったいどうしたことかと思いながらも、すずは足が赴《おもむ》くままに身を任せることにした。おなつとは会う約束をしているわけではないので、問題ない。

体が思い通りに動かなくても、なぜか恐怖は感じなかった。おそらく龍の仕業《しわざ》だ。龍が「右へ行け」と促しているのだろう。

何を伝えたいのかまでわからなくとも、何か伝えたいのだということは、きっと間違いない。そう「ぴん」とくるようになったのも、龍との親和が深まった証だろうか。

やがて大川に面した道へ出る。

かすかに甘酒のにおいが漂ってきた。駒形河岸《こまがたがし》の前に、甘酒売りが出ている。

「あら、龍さん、甘酒を買って欲しかったの？」

すずは小声で語りかけた。

たまには、よその味を飲んでみたくなったのだろうか——と思いながら甘酒売りのほうへ進んだが、すずの足はあっさりとその前を素通りした。

すずは首をかしげる。

「どうしたの、甘酒じゃなかったの？」

再び語りかけるが、龍の返事らしき合図は何もない。

すずはもどかしくなった。

龍の言わんとしていることがわかるようになればいいのに……。

「龍さん、何か言いたいことがあるのなら、あたしにもわかるように伝えてちょうだい」

呟き終わると同時に、ふと、道の脇にたたずんでいる武士の二人連れが目に入った。

「いい加減にしろ、さっさと帰れ！」

「いや、帰らん」

揉《も》めているようだ。

そっと二人を窺うと、源之丞と丹次郎だった。

数日ぶりに見た源之丞は、何だかやけに憔悴《しょうすい》しているようだ。

「わたしが上級になれば、ご公儀にも目をかけていただけるんだ」

源之丞が早口でまくし立てる。

「畳奉行さまどころではなく、もっと上の――作事《さくじ》奉行さま、いや、ご老中にだってお声をかけていただけるかもしれないのだぞ。そうなれば、倉田家だってもっと栄える」

「落ち着け！」

丹次郎が叫ぶと、源之丞はびくりと身を縮めた。

「中野先生に何を言われたのか知らんが、小さな私塾で上級になったからといって、ご老中にお目通りできるわけがないだろう」

源之丞は激しく頭を振った。

「わからないじゃないかっ」

両手で両耳を押さえて、源之丞は叫んだ。

「先生が嘘をつくはずはない！」

「仮に、そうだとして」

丹次郎が源之丞の両肩をつかむ。

「絶対に大丈夫だと言って、都合のよい話で人を丸め込むようなやり方が、この先もまかり通ると思っているのか⁉　まかり通ったとして、おまえはそれで満足なのか！　人の犠牲の上に成り立つような成功が、おまえの望みなのかっ」

「違うっ、誰がそんな真似をすると言った⁉」

丹次郎と源之丞は睨み合う。

すずは思わず前に出た。

「あ、あの」

声をかけると、二人は「はっ」と息を呑んですずを見た。

「おまえは、たまやの――」

二人の声が重なり合う。

「なぜ、ここに」

すずは微笑んで一礼した。

丹次郎と源之丞は気まずそうな顔になって一歩離れる。

「往来で言い合うなど、みっともないところを見られたな」

丹次郎が後ろ頭をかいた。

「こいつが、まったく人の言うことを聞かぬもので、つい大声を出してしまった」

源之丞はむっとした表情になるが、すずの手前を気にしてか口をつぐんでいる。

すずは笑みを深めて、二人の顔を交互に見た。

「喧嘩するほど仲がよろしいんですね」

口を開いた二人が反論の声を上げる前に、すずは続けた。

「うらやましいです」

二人は怪訝《けげん》そうな顔になる。

「あたし、実は、一年以上も寝たり起きたりの暮らしを続けていたんです。やっと元気になって、もとの暮らしに戻れたのは、今年の秋になってからで」

二人は気遣わしげな表情になった。

「あたしにも仲のいい幼馴染みがいるんですけど、寝込んでいる間は特に、助けてもらってばかりで……ものすごく心苦しかったです」

二人は黙って、すずの話に耳を傾けている。

「だけど、向こうも苦しかったと思います。あたしに気を遣って、きっと言いたいことがあっても言わなかったことがたくさんあったんじゃないかと思うんです」

すずは再び二人の顔を交互に見た。

「お二人は、遠慮なく何でも言い合える間柄なんですよね」

丹次郎と源之丞は互いに顔を見合わせる。

「この間、丹次郎さまがうちへお見えになった時、源之丞さまのことを占ったのはご存じですか?」

源之丞は「えっ」と声を上げる。

「おまえ、占いなどしておったのか」

「丹次郎さまは、源之丞さまのことをとても心配なさっていましたよ」

すかさず口を挟むと、源之丞はうつむいた。その顔を、すずは覗き込む。

「お体がつらいんじゃありませんか」

「あ、ああ……このところ寝不足で」

「ご無理なさってはいけませんよ。病になってしまったら、やりたいことなんて何もできなくなってしまいます」

源之丞はうなずいた。

「経験した者の言葉は重いな。丹次郎に同じことを言われた時は、とても素直に聞く気にはなれなかったが」

「おい」

顔をしかめた丹次郎に向かって、源之丞は微笑んだ。

「この数日、ほとんど眠れなかった。うとうとして、やっと眠れたと思っても、嫌な夢ばかり見て飛び起きてしまうんだ」

鶏が一夜で全滅して、元金を出した者たちに「金を返せ」と追いかけられる夢。

何百羽も鶏がいるのにひとつも卵が採れず、どうか産んでくれと懇願《こんがん》したら一斉に飛びかかってきて、全身が血だらけになるまでつつかれた夢。

持ち金をすべて鶏に注ぎ込み、さらに女房と娘を吉原に売り飛ばしてまで新しい鶏小屋を建てようとした男が、中野に金を持ち逃げされて首を吊《つ》る夢。

「夢に出てきた者たちは『全部おまえが悪い、おまえは嘘つきだ、おまえのせいでみんなが不幸になった』とわたしを責め立てるんだ」

源之丞はくしゃりと顔をゆがめた。

「丹次郎の言う通りだ。絶対に失敗しないという保証など、どこにもないのに、大丈夫だと言い続けて、勧誘をくり返して――元金を出した者たちに損をさせたらどうしようと、ずっと怯《おび》えていた。中野先生に不安を訴えても『大丈夫だ』の一点張りで」

源之丞は目を伏せる。

「つらいとか苦しいとか言ってしまえば、何もかもが嫌になる気がした。いったん認めてしまえば、楽になれたのに。……もっと早く冷静になって、おまえの言葉に耳を傾けていれば……」

丹次郎はそっと源之丞の顔を覗き込んだ。

「冷静さを欠くあまり、仏像を彫るのも忘れておったのか」

源之丞は深くうつむいた。

「我ながら重症だな」

すずは首をかしげる。

「こいつは心を落ち着けたい時、木彫りをするんだ」

丹次郎が答えた。

「仏を彫っている時が一番落ち着くと言って、釈迦《しやか》や観音《かんのん》などを数多く彫っている。なかなかの腕前だぞ」

「あの、仏像って」

「さようでございますか」

すずたちの間を、ひゅっと冷たい風が吹き抜けた。

丹次郎と源之丞がぶるりと身を震わせる。

「寒いな。何か温かい物——蕎麦でも食べて帰るか」

丹次郎の言葉に、源之丞はうなずいた。

「食って帰ったら、おまえは少し寝ろ。話はそれからだ」

「うん」

すずが会釈をすると、二人は手を振って去っていった。

大川のほうで何かがきらめいた気がして、覗き込むと、水面に虹が浮かんでいる。

すずの頭上で、龍が得意げに笑っているような気がした。


源之丞がたまやを訪れたのは、いよいよ師走があと三日で終わろうとしている日の夕暮れだった。

　店の奥へまっすぐ向かってくると、源之丞は茶を注文して、占い処のすぐ前の長床几に腰を下ろした。

　宇之助が顔を上げる。

「占うんで？」

　源之丞は首を横に振った。

「今日は伝えたいことがあって来たのだ」

　すずが茶を運んでいくと、源之丞はまっすぐにこちらを見た。

「あのあと、丹次郎としっかり話をしてな。二人そろって景星塾をやめたのだ。わたしは嫌な夢を見なくなり、ちゃんと眠れるようになった」

「まあ」

　すずは顔をほころばせる。

「それはようございましたね」

　源之丞は嬉《うれ》しそうにうなずく。

「丹次郎が一緒に、親や兄弟を説得してくれてな」

　朝から晩まで倉田家に居座り、景星塾がいかに源之丞の心をむしばんでいるかをとうとうと語ったのだという。

「最初はやめることを反対していた親たちも、この頃わたしの様子がおかしかったことを鑑《かんが》みて、思っていたよりはすんなりと同意してくれたよ。もう婿入り先を探せとは言わぬから、好きにしろ、と」

源之丞は懐に手を入れた。

「これをもらってくれぬか」

取り出したのは、木彫りの根付《ねつけ》である。

「まあ、あたしに……？」

差し出されたのは、何かの動物――昔、絵草紙《えぞうし》か何かで見た象の姿に似ているが、それにしては少し鼻が短いような。象の耳は、もっと大きかったような。

「これは獏《ばく》だ。人の悪夢を食べてくれる動物だという」

「ああ……聞いたことがあります」

悪夢よけとして、獏の絵札も売られていた。

すずは差し出された獏を見つめる。

「いただいて、よろしいんですか」

「もちろん。受け取ってもらうために作ったのだ」

源之丞は立ち上がると、宇之助にも獏の根付を差し出した。

「おれにもですかい」

源之丞はうなずく。

「がらん堂の占いが、動き出すきっかけになった、と丹次郎が言っていた。がらん堂のおかげで、祖父が守ってくれていると強く思えた、とな」

「お二人とも、きっと守られていらっしゃいますよ」

「わたしもか？」

宇之助はじっと源之丞を見た。

「普段は仏像を彫っていらっしゃるんですよねえ。釈迦や観音——不動明王とか」

源之丞は目を見開いた。

「今ちょうど、丹次郎のために不動明王の根付を作っておるところだ。お守りになる強い仏が欲しいと言われたので、煩悩《ぼんのう》を断ち切る不動明王がよいかと思って」

宇之助は目を細めた。

「いいと思いますぜ。不動明王は、魔の軍勢を撃退してくれますからねえ。源之丞さまがご友人のために魂を込めて作る根付には、仏も喜んで加護を与えてくれるでしょう」

宇之助は獏の根付を自分の顔の前に掲げた。

「源之丞さまの彫る物には、力がありますぜ」

くすぐったそうな笑みを浮かべて、源之丞はうなずいた。

「わたしは仏師になると決めた」

すずは思わず「えっ」と声を上げそうになった。

「実は今日、親方に挨拶してきたんだ。年が明けたら家を出て、修業を始める。景星塾をやめたら、とんとん拍子に話が進んでな。驚くほどあっという間に修業先が決まった。丹次郎も、絵師になる」

横山家でも意外なほどあっさりと許しが出て、けっきょく丹次郎は絵の道具を捨てられることなく、絵の道へ進むことが決まったという。

「丹次郎はすでに、師と決めた方の家に住み込んでいる。落ち着いたら、またここへも顔を出すと申していた」

何もかもが順調で、何かに導いてもらっているとしか思えない、と源之丞は続けた。

「物事が動く時ってえのは、そんなもんでさ」

宇之助がにっこり笑う。

「けっきょく、好きなことをあきらめたくないっていうお二人の強い気持ちが、いい流れを引き寄せたんでしょう。何を信じ、どう動くかによって、未来は変わっていきますからねえ」

宇之助の言葉を噛みしめるような表情で長床几へ戻ると、源之丞は静かに茶を飲んだ。

「気になることが、ひとつ」

飲み終えた茶碗を長床几の上に置くと、源之丞はすずを見た。

「中野先生が、おまえを気にしているようだ」

「え……？」

中野の顔を思い出した瞬間、すずの体が強張った。

「鶏の儲け話を嘘だと断言しただろう」

退塾の届けを出した帰り、見知らぬ男が入れ違いに中野の部屋へ入っていった。

何となく気になり、源之丞は襖《ふすま》の近くで耳を澄ましたという。

――どうやら、あの娘には嘘を見抜く力があるらしいですぜ――。

――まやかしではないのか。あの界隈を回った時に、そんな噂話は聞こえてこなかったぞ――。

――詳しいことはわかりませんが、幼い頃は、周りの子供たちに気味悪がられていたようです――。

――ふむ。もし娘の力が真《まこと》であれば、使えるかもしれんな。もう少し調べを進めてくれ――。

そんなやり取りが、源之丞の耳に入ったという。

「そのあとは別の話に移っていた。いつまでもそこに留まっていては立ち聞きに気づかれてしまうと思い、丹次郎とともに出てきたのだが」

源之丞はまっすぐにすずを見た。

「仔細はわからぬが、用心したほうがよいと思う」

得体の知れぬ恐怖が足元から這い上がってきた。すずは震えそうになる体に力を入れて、微笑んだ。

「ありがとうございます。でも、あたしなんかを調べたって、何も出てきやしませんよ」

「そうか。だがもし、わたしにできることがあれば、何でも言ってくれ」

今後の落ち着き先を告げて、源之丞は帰っていく。

すずは宇之助を振り返った。

宇之助はすずの頭上をじっと見つめている。

「大丈夫だ。おれもいるし、龍もいる。できるだけ考えないようにすることだ。あまり心配し過ぎると、かえって悪いものを引き寄せてしまうからな」

「はい」

すずは笑顔で返した。

「宇之助さんと龍さんがいてくれれば、百人力ですものね」

しかし、すずの胸の内に渦巻く不安が消えることはなく、恐ろしい何かがひたひたと背後から迫ってくるような気がしてならなかった。

第二話　富士講

ぴーひゃらぴーひゃら、とんとん、とん——笛や太鼓《たいこ》の音が鳴り響いている。

すずは表へ顔を向けた。

「近くに獅子舞《ししまい》が来ているわね」

正月の門付《かどづけ》である。

きよが表口に立った。

「大晦日《おおみそか》に年越し蕎麦《そば》を食べて、元日には若水《わかみず》を汲《く》んで、今生明神さまにご挨拶《あいさつ》する——正月といっても毎年それくらいしかしないけど、こうしてお囃子《はやし》の音を聞くと、何だかちょっと華やかな気分になるねえ」

すずも戸口に並んで、通りを見やる。

正月二日の今日から初売りを始める店もあるが、町はまだいつもより閑散《かんさん》としていた。恵方詣《えほうもうで》のため最福神社を訪れる人々がいるので、たまやも今日から店を開けているが、来客はまだない。

「みんな今日も寝正月なのかしら」

武家《ぶけ》の年始は挨拶回りで忙しいというが、町人たちはのんびりしている。大店《おおだな》の主《あるじ》などは紋付《もんつき》を着て供を連れ、正月二日から挨拶回りに出かけたりするのだが、長屋の連中などはその限りではない。二日に初売りを行う商家の奉公人《ほうこうにん》は別として、三が日の間は仕事が休みだという者が多いのである。

「まあ、三が日明けまでは毎年うちものんびりだけどねえ。守屋が休みだから、蕎麦はないしさ。お茶と甘酒の他には、団子と汁粉《しるこ》を出すくらいのもんだ」

きよが調理場を振り返る。

「だけど、年の一番初めに出すのが団子と汁粉っていうのが最高だって、宇之助さんにあんなに褒《ほ》められるとは思わなかったねえ」

昔から、赤い色には邪気《じゃき》を祓《はら》う力があるといわれている。ゆえに祝い事などでは厄《やく》よけとして赤飯を炊いたり、小正月に小豆粥《あずきがゆ》を食べたりするようになったのである。

――年始に調理するのが小豆であれば、魔よけの力が調理場から店内に広がっていくことになる――。

宇之助いわく、最福神社から漂ってくる清らかな氣《き》とあわせて、たまやは内と外から守られる形になるのだという。

「そういや、宇之助さんは今日来るって言ってたよねえ」

きよの言葉に、すずはうなずいた。

「占い処は三が日明けからだって言ってたけど、今日は団子とお汁粉を食べにくるんですって」

「年越し蕎麦はうちで一緒に食べたけど、昨日は何を食べたんだろうねえ」

きよが首をかしげながら苦笑した。

「まさか、おせち料理の代わりに、買い溜《だ》めしといた大福だけ食べてたってわけじゃないんだろうけどさ」

宇之助は大の大福好きである。

霊能の仕事をしたあとは頭が疲れ、とんでもなく「脳が空《なずきす》く」ので甘い物が欲しくなるのだと聞いたが、あれは根っから好きなのだ、とすずは思う。でなければ、一度に六つもぺろりと平らげるはずがない。

「ああ、よかった、お店が開いていて」

小柄な老婆《ろうば》が駆け寄ってきた。たまやの前に立つと、拝《おが》むように胸の前で手を合わせる。

「お団子はありますか」

きよが愛想よく応対した。

「ございますよ。さ、中へどうぞ」

老婆は手を合わせたまま、きよの顔を覗《のぞ》き込む。

「あの、持ち帰ることはできますでしょうか」

「大丈夫ですよ」

老婆は安堵《あんど》したように息をついて微笑《ほほえ》んだ。

「それじゃ、あるだけ全部ください」

「えっ」

きよが目を丸くして、老婆の顔を見つめる。すずも驚いて、思わず凝視してしまう。

「あの、何十本もありますが……」

きよの言葉に、老婆はにっこりと笑った。

「ええ、全部いただきます」

すずときよは手早く団子を竹皮で包んだ。長床几《ながしょうぎ》まで運んでいくと、老婆は懐《ふところ》から風呂敷を取り出して団子を背負う。

「よっこらしょ」

一歩、二歩と進んで、よろける。近くにあった長床几に手をついて、座り込んでしまった。

「ああ、重い」

「大丈夫ですか」

すずは風呂敷包みを背中から下ろしてやった。

「すみませんねえ。一人で運べると思ったんですけど……」

老婆はしょんぼりと肩を落とす。

「ああ、どうしよう。早く帰らないと、旦那《だんな》さまに叱《しか》られてしまう」

事情を尋ねると、くめと名乗った老婆は、某商家の主に仕えているという。

「旦那さまは、気兼ねなく趣味のお仲間たちと集える別宅をお持ちでしてねえ。わたしは、そこの住み込み女中なんですよ。今日は大勢のお客さんが来るから、茶菓子を用意しておくようにって、年末から言いつけられていたんです」

できるだけ縁起のよい物がいい、と主は希望した。

「それで、わたしは、たまやさんのお団子をお薦《すす》めしたんですよ」

「おくめさんは、うちへいらしてくださったことがあるんですか？」

すずの問いに、おくめは首を横に振る。

「今日が初めてです。だけど、とてもご利益《りやく》があって美味《おい》しいって評判を耳にしていましたもので」

主に言いつけられたあと、たまやへ来て事前に注文を入れておこうと思っていたのだが、年末の慌ただしさでうっかり忘れてしまっていたのだという。

おくめは両手で顔を覆った。

「年を取って、耄碌《もうろく》してしまったんですよ。あの時ちゃんと手配りをしていれば、下男の与太郎《よたろう》さんにお団子を取りにきてもらうことだってできたのに。失態を知られたくないばかりに、一人でのこのこやってきて……たまやさんが今日お休みだったら、どうなっていたことか……他のお菓子を探すったって、三が日の間は休んでいる店も多いでしょう」

涙声になったおくめに、すずは慌てる。

「泣かないでください。あたしが運んでいきますから」

同意を求めてきよを見ると、すぐにうなずいてくれた。

「だけど、うちの団子にご利益があるかはわかりませんよ」

きよは諭すように語りかけた。

「うちは古くから最福神社門前で商いをしておりますから、今生明神さまにお見守りいただいているとは思っておりますけれど、売っているのは普通の食べ物ですからねえ」

おくめは頭を振った。

「たまやさんのお団子は縁起がいいって、みんな言ってますよ。最福神社門前で売られてるってだけで、喜ぶ人がいるんです。うちの旦那さまも、それはもう楽しみにしていらっしゃいますよ」

きよは困ったように微笑んだ。

「そうですか、ありがとうございます。まあ、小豆には邪気《じゃき》祓《ばら》いの力があるそうですから、縁起のいい物として扱っていただいても差し支えないかもしれませんねえ」

こし餡《あん》の団子だけでなく、みたらし団子も包んでしまいましたが――という言葉を、すずは呑《の》み込んだ。

おくめはすっくと立ち上がり、長床几の上に置いた風呂敷包みを指差した。

「それじゃ、ちょっとそこまでお願いしますよ」

有無を言わせぬ強い眼差《まなざ》しに急《せ》かされて、すずは風呂敷包みを背負った。

おくめに促《うなが》されるまま、すずは上野《うえの》へ向かって裏道を歩いた。

空高く舞う凧《たこ》が遠くに見える。不忍池《しのばずのいけ》の辺りで揚《あ》げているのだろうか。

福川町と同様に、今日の上野も人通りが少ない。大通りまで出れば、湯島天神《ゆしまてんじん》などへ恵方詣に行く人々の姿があるだろうか。

「こっちですよ」

四半時（約三〇分）ほど歩いて、茶屋や料理屋が建ち並んでいる通りに辿《たど》り着いた。その中にある一軒の仕舞屋《しもたや》へ案内される。

「ここも、もとは小料理屋だったんですけどね。店主が商売をやめて国へ帰るというんで、旦那さまが買い取ったんですよ」

勝手口から入り、台所に風呂敷包みを置いた。

「それじゃ、あたしはここで」

勝手口へ戻ろうとすると、ものすごい勢いで引き留められた。

「お茶の一杯くらい飲んでいってくださいよ」

「いいえ、お気遣いなく」

すずの手をつかむと、おくめは強引に引っ張った。

「親切に運んでもらって、このまま帰しちゃ、わたしの気が済みませんよ」

「本当に、お構いなく」

「どうしたんだい」

廊下の奥から壮年《そうねん》の男が現れた。

「旦那さま」

おくめが低頭するのに倣《なら》い、すずも頭を下げる。

「たまやの娘さんが、この老体を気遣って、お団子をここまで運んでくださったんですよ」

おくめの言葉に、男は相好《そうごう》を崩した。

「それは、どうもご親切に。わたしは宝屋仁左衛門《たからやにざえもん》と申します。話を聞いたからには、このままお帰しするわけにはいきませんよ。おくめの言う通り、ひと休みしていってください」

　頭を振って遠慮するすずに、仁左衛門は笑いかけた。

「これから面白い話が始まりますので、すずさんも聞いていきませんか？　最福神社のご加護を信じる方なら、きっと楽しめると思いますよ」

　おくめが大きくうなずいた。

「旦那さまもこうおっしゃっているんですから、さあ、どうぞ」

　ぐいと手を引っ張られ、すずは恐縮しながらも廊下の奥へ進んでいく。中庭に沿って部屋が並んでいた。

　奥の広い座敷に通されて、すずはぎょっとした。ずらりと居並んでいる男たちが一斉に、じろりとこちらを見たのだ。

「あ、あの」

「ここで少しお待ちくださいね」

　末席にすずを座らせると、おくめは立ち去ってしまった。

　男たちはみなすぐに前へ向き直ったので、すずは小さく息をつきながら障子《しょうじ》の前で縮こまっていた。

　二十人近くいるだろうか――町人の中に、武士も混じっている。老いも若きも入り乱れている。いったい何の集まりなのだろう。

おくめが茶を運んできた。大きな盆に載せていた汲出茶碗《くみだしぢゃわん》を、前のほうから丁寧に配っていく。途中で数が足りなくなったようで、急ぎ足で去っていき、またすぐに戻ってきた。

「お待たせいたしました」

すずの前にも茶を置いてくれる。

「あの、お団子を運ぶの手伝いましょうか」

申し出ると、おくめは破顔《はがん》した。

「ありがとうございます。助かります」

おくめと二人で団子を配ると、すずは再び末席に腰を下ろした。おくめも横に座る。

仁左衛門が入室してきた。

「では始めましょうか」

仁左衛門が語り出したのは、富士講《ふじこう》の説明である。

富士講とは、富士山を信仰する者たちが登拝《とうはい》のために結成した集まりだ。仁左衛門は世話人を務めているらしい。

「わたしどもは身分や年齢を問わず、みんなで楽しく富士山を拝みたいと思い、新しい富士講を結成いたしました」

ひと通り挨拶を述べると、仁左衛門は前列に座る男たちを手で指し示した。

「本日は、さまざまな伝手《つて》を辿り、富士の霊験《れいげん》を語ってくださる方々をお招きしておりますので、ぜひそのお話にお耳を傾けてください」

仁左衛門に促され、一人目の男が立ち上がった。前に出たのは、恰幅《かっぷく》のいい商家の主という風情の中年である。

「えー、こう見えてわたしは、数年前まで、がりがりに痩《や》せていたんですよ」

肉づきのよい腹をぽんと叩《たた》いて、男は続ける。

「嘘《うそ》だろうと思った方もいらっしゃるかと思いますが、本当なんです」

小さな失笑があちこちで起こった。堅苦しい集まりかと思っていたが、思っていたよりも砕けた雰囲気のようで、すずはほっと息をつく。

男は話を続けた。

「わたしが富士講に参加したのは、商売に失敗したからなんです。手拭《てぬぐ》い売りをしていたんですが、さっぱり売れなくてねえ。長屋の店賃《たなちん》どころか、その日に食う物さえ買えない始末で」

居並ぶ者たちは首をひねって男を凝視する。上等な羽織をまとっている男は、どう見ても裕福な旦那だ。

「どうせ自分は何をやっても駄目なんだと、当時は相当ふてくされておりましてねえ。ろくに物も食べず――というか食べられなかったもので、何かしようという気力が湧《わ》かず、やがて仕事にも出なくなりました」

一日中ただ寝っ転がって過ごすようになったのだという。

「隣近所のおかみさんたちが、たまーに恵んでくれる握り飯で食い繋《つな》いでおりましたよ」

男は苦笑した。

「ある日、大家さんにこんこんと説教をされましてね」

――どんなに頑張っても、成功できない時はある。だけど、そんな時こそ踏ん張るんだよ。ふてくさっちゃ駄目だ。わたしゃ、やる気のある者は応援するけど、やる気のない者は見限るよ。おまえさんはどっちだい――。

「わたしは言葉に詰まりました。もういいと啖呵《たんか》を切って長屋を出る度胸もなく、といって、心を入れ替えて頑張りますと言い切る勇気も、その場ですぐに持てなかったんですよ」

大家は言った。

――おまえさん、このままじゃ駄目になるよ。どうだい、一念発起して、富士の御山へ登ってみないかい――。

富士講に入っていた大家は、男を富士への旅に誘った。真面目《まじめ》に生き直す気持ちがあるなら、旅費を立て替えてやるとまで言ってくれた。

「そこまで言われちゃ、覚悟を決めるしかないでしょう。自堕落《じだらく》な暮らしを送っていたから、山になんか登れるかと不安だったんですがねえ。大家さんの言う通り、このままじゃ自分は本当に駄目になってしまうと思って……」

大家とともに、男は旅立った。

不摂生《ふせっせい》が祟《たた》ってか、道中ではあっという間に息が上がり、両足はもちろんのこと、杖《つえ》を持つ手も痛んだ。坂道になると、上りも下りも苦しくて、永遠に立ち止まっていたくなったが、それでも何とか男は前に進み続けたという。

「大家さんの手前、頑張ることができたんでしょうねえ」

まざまざと当時を思い出したように、男は目頭《めがしら》を指で押さえた。

「山登りの苦しさは、道中の比ではありませんでした。遠くから眺めれば美しい御山も、実際に歩けばとてつもなく険しくて、もう、一歩踏み出すごとに膝が崩れ落ちそうになりましたよ。今度こそもう駄目だ、と何度もくじけそうになってねえ」

あまりにも過酷な道のりに、実際、何度も足が止まったという。

「だけど、そのたびに、大家さんが『頑張れ』って言うんです。『一緒に上まで行こう』って」

上を見れば、まだまだ頂上は遙《はる》か彼方《かなた》。だが下を見ても、登り口からはすでに何里も離れている。進むも地獄、退くも地獄。ここに留まって死ぬしかない、と男は思い詰めた。

「置いていってくれと、わたしは泣きべそをかきました。でも、大家さんは首を横に振るんです」

——あきらめるんじゃない。おまえさんは、きっと、やればできる男だ——。

「もう嫌だ、勘弁してくれ、と思いましたよ」

しかし同時に「這《は》いつくばってでも頂上に辿り着くんだ」という気持ちが芽生えたのだという。

「大家さんの期待に応えたくなったのか、こんなところで終わりたくないと思ったのか……その両方なんでしょうねえ」

男は泣きながら足を動かした。そして大家とともに、頂上まで登り切ったのだ。

座敷に居並ぶ人々を見渡して、男は胸を張った。

「富士の山頂に立って、雲海《うんかい》を見下ろしたら、ぶわーっと商売の案が頭の中いっぱいに広がってきたんです」

松竹梅《しょうちくばい》、牡丹《ぼたん》に鶴亀《つるかめ》、蜻蛉《とんぼ》や蝶《ちょう》に、青海波《せいがいは》——吉祥文様《きっしょうもんよう》だけを集めた手拭いを売ろう。手拭いだけじゃない、財布や巾着《きんちゃく》、煙草《たばこ》入れ。とにかく、めでたづくしの品で、世の中のみんなに幸運を届けるんだ、と男は思った。

雲海の波間から七福神たちが現れて、男に向かって笑いながら手を振ってくれているような気分になったという。

「御山を登り切って高ぶったのか、自分には何でもできるという気持ちになりしました」

江戸へ帰ってからも、みなぎった士気は下がらなかった。男は縁起柄の手拭いだけを売り歩いたという。

「これが飛ぶように売れたんです」

男が売った手拭いを持ち歩くと、いいことが起こると評判になったのだ。

「誰が言い出してくれたのか知りませんが、本当にありがたいことでした」

評判を聞きつけた高級料亭の料理人や仲居たちがそろって持つようになったり、祝い事の引き出物として使われたり。注文が殺到して、とても一人で担い売りできなくなったという。

「大家さんの口利きで、小さな店を構えることができましてね」

富士の山頂で浮かんだ案の通り、手拭いだけでなく、さまざまな小物も売り出した。もちろん、すべて縁起柄だ。

「おかげさまで、商売は実に上手くいっておりまして。大家さんに立て替えていただいた旅費や、溜め込んでしまった店賃なども、とっくの昔に返済し、今は少しでも恩返しになればと、かつて住んでいた長屋を建て替えている最中です」

男は幸せそうな笑みを浮かべた。

「みなさんも、きっと、富士の山に登れば何かいいことがありますよ」

集まった人々は周囲の者たちと顔を見合わせ、感嘆の息をついたり、首をひねったりしている。

「縁起柄だけ売っている店って、どこにあるんだ。聞いたことあったか？」

「いや、知らねえ」

「吉祥文様は珍しい物じゃないだろう。そんなに儲《もう》かるのかねえ」

居並ぶ者たちの頭越しに、すずは男を見つめた。

周りの反応などまったく気にしていない様子だ。自信に満ちた表情で、もといた席に戻っていく。自分の経験に絶大な確信を持っているのだろう。誰に何と言われても、富士の霊験を信じ続けるに違いない。

ふと視線を感じて、すずは首を左右に巡らせた。

後ろのほうに座っていた男たちが数人、じっとすずを見ていた——と思ったら、それぞれ別の方向へ顔を向けた。目についた者を、またじっと見ている。

どうやら周りの反応を気にして、きょろきょろしていたようだ。

「貴重なお話をありがとうございました。やはり富士の御山に神はいるんでしょうねえ」

仁左衛門が礼を述べて手を叩くと、さざ波のように拍手が広がった。

「では、次の方です」

みなの前に立ったのは、白髪の老爺《ろうや》だ。年老いているが、しゃんと伸びた背筋で、かくしゃくとした足取りだった。

「わしが富士の御山に登ったのは、もう五年ほど前のことだが。その時は、大事な一人息子が行方知れずになって、神さまにでも仏さまにでも、何にでもすがりたかったんだ」

町医者だった息子は、患者を救いきれなかったことに心を痛め、自分の非力さを嘆いていたという。

「うちの息子のおかげで子供が助かったと、涙を流しながら言ってくれる人もいたんだが、息子は自分を許さなかった」

その年は、死ぬ患者が多かったという。

「だんぼ風邪というのが流行《はや》っとってな」

文政四年（一八二一）の二月に、江戸などで流行った病である。

「息子が日頃から体調を気にかけていた年寄りたちが、その風邪で何人も死んだ。もともと体力がない者たちだったから、高熱に耐えられなかったんだろう。患者の家族たちもそう言って、息子を責めたりはしなかった。それなのに」

自分がもっと有能な医者であれば、もっと救えた命があったのではないか、と息子は自分を責め続けた。

「短い期間に何人も看取《みと》って、へこんでしまったんだろう。わしの励ましも、耳に入っておらん様子だった」

ある日、往診に行ったまま、帰らなくなったという。

「岡っ引きの親分たちも、息子が世話をした患者の家族たちも、みんな探すのを手伝ってくれたんだが、どこを探しても見つからなかった」

あとに残されたのは、息子が毎日のように眺めていた一枚の絵だ。

「富士山が描かれていた」

どこから買ってきたのか、または誰かにもらったのか、仔細《しさい》はわからないが、息子は自室の壁に貼った絵をよく眺めていたという。

――いつか富士の山へ行ってみたいなあ――。

息子は時折そう言っていたという。

――一富士《いちふじ》二鷹《にたか》三茄子《さんなすび》とよく言うけれど、富士の山へ行けば、嫌なことも全部忘れられるだろうか――。

「その時はあまり深く考えなかったが、あとから思えば、息子が富士の山へ行きたいという時は、たいてい患者が死んだすぐあとだった」

まるで、富士の山へ登れば死んだ患者に会えるとでも思っているような表情だった、と老爺は続けた。

「息子の帰りを待ち続けて、一年が経《た》った頃、同じ長屋の者から富士講に誘われた。その場では断ったんだが」

家に帰り、ふと息子の部屋に入って富士山の絵を見た時、ひょっとして息子は富士山に行ったのではないかという気がしたという。

「いったんそう思ったら、間違いないという気がしてしまって」

根拠のない思い込みだったが、老爺は富士講に入った。

「さっきの人も言っていたが、山道は本当にきつかった。やっと山頂まで登ったものの、下りはもうふらふらで」

杖にすがりながら何とか歩いたが、ここで山道が終わったと思った瞬間に気がゆるみ、転んでしまったという。

「足首をひねってしまい、動けなくなった」

不幸中の幸い、下山はしていたので、富士講の若い者に背負ってもらい町医者のもとへ連れていってもらうことができた。

「そうしたら、そこに息子がいたんだ。富士山の麓《ふもと》で、医者を続けていた」

居並ぶ者たちがざわめく。

「そんな偶然あるのか？」

「いや、富士の霊験だろう」

老爺はうなずく。

「わしは間違いなく、神のお導きだと思った。ちゃんと浅間《あさま》神社《じんじゃ》にも参拝したしな」

浅間神社は富士山信仰から生まれた神社である。木花之佐久夜毘売命《このはなのさくやひめのみこと》を主祭神《しゅさいじん》として祀《まつ》り、富士山頂に奥宮《おくみや》がある。

「わしも息子も、しばらく呆然《ぼうぜん》と見つめ合っていたんだが、息子の手伝いをしているという女子《おなご》がてきぱきと動いてくれてな」

足首の他に痛いところがないか確かめ、転んだ時にすりむいてできた手や顔の傷を洗い、軟膏《なんこう》を塗ってくれた。気まずそうに絶句し続けている息子を叱り、老爺の足首の手当てをするよう促すと、さっさと部屋を出て、親子二人きりにしてくれた。

「わしの足首を診《み》ながら、息子はぽつりぽつりと語り出した」

行方知れずとなったあの日、往診に出た息子は、帰り道で行き倒れに遭遇したのだという。「まだ息がある」「医者を呼べ」と叫ぶ人々の向こうに横たわる男の姿を見た息子は、だんぼ風邪から救うことができなかった患者を思い出した。

人だかりを押しのけ、患者のもとへ駆けつけねばならぬと思うのに、足が動かない。また救えなかったらどうしよう、という思いに胸をしめつけられ、息が苦しくなった。

息子がぐずぐずしている間に別の医者が到着し、素早く患者を診た。息を確かめると、もし嘔吐《おうと》などした場合でも喉がふさがらないよう、患者の体を横に向けた。よく通る声で周りの者たちに指示を出し、まだ意識のない男を戸板に乗せると、どこかへ運んでいったという。

野次馬の中から「あの先生に任せておけば大丈夫だ」という声が聞こえたので、きっと近くに住む医者なのだろう。自分の診察所へ運んでいったに違いない。

「息子は安堵すると同時に、自分はもう駄目だと思ったそうだ」

自分も医者なのに、何もできなかった――いや、何もしようとしなかった。息子が語ったところによると、行き倒れを診た医者の手際は非常に素晴らしく、常日頃から重症の患者に接していることが容易に見て取れたという。

――自分はあんなふうになれない――。

大きな絶望に襲われた息子は、診察道具を手にしたまま、ふらりと江戸を出た。

「行く当てもなく、東海道《とうかいどう》を進んだそうだ」

自分がどこへ向かっているのか、何をしようとしているのか、わからぬまま歩き続けた。

「途中で、旅の修行僧に拾われたそうだ。このままでは、どこかで自害するのではないかと思われたようでな」

――この世に思い残したことはないのか――。

少し言葉を交わしたあと、尋ねられた息子は駿河国《するがのくに》の方角を見つめた。

――富士山を間近で見てみたい。麓に立って見上げれば、どれほど雄大なのだろうか――。

――では、駿河までともに参ろうか――。

僧侶《そうりょ》と旅をする中で、息子は再び行き倒れに遭遇した。また動揺してしまったが、今度は僧侶がこまごまとした指示を出し、息子を動かした。

——意識があるぞ。水を飲ませてやれ。まずは頭を起こして——。

言われるままに、息子は動いた。そして動いているうち、次第に自分から動けるようになった。

——何日も食べていないのであれば、まずは粥《かゆ》からだ。誰か、そこの旅籠《はたご》に助力を頼んできてくれ——。

「道中では、何度か、病人や怪我人の手当てをしたそうだ」

そして辿り着いた富士の麓では、老齢の医者も看取った。代わりとなる医者がなく、村人たちはみな困っていた。

——これは天命だったのかもしれんな——。

僧侶に言われ、息子はうなずいた。旅立つ僧侶を見送って、自分はそのまま医者として村に残ったのである。

「江戸へ文《ふみ》を出して、わしらに無事を報《しら》せようと何度も思ったそうが、なかなかできなかったと詫《わ》びられた」

親不孝を恥じる気持ちがあったのだという。

「富士の麓で一年を過ごす間に、わしの手当てをしてくれた女子とねんごろになっておってな」

その女は身重《みおも》の時に亭主を亡くしており、幼子を抱えていた。

「赤子を負ぶって手伝いに通ってくる女子だけでなく、その子供とも、息子は親しくなっていた」

いつの間にか親子のようになっていたという。

「息子は、二人から離れられなくなっていたんだよ。このまま富士山の近くで生きて、二人を支えていきたいって言われたんだ」

しかし、事の次第を知った女は、江戸に帰るよう息子を諭した。

――大事なおとっつぁんとおっかさんを悲しませちゃいけないよ――。

孤児だった女は、二親そろった暮らしというものに憧《あこが》れていたらしい。自分の幼い息子とともに三人で過ごした日々は、かけがえのない宝物だった、と胸を張って語った。

――だけど、先生を引き留めるわけにはいかないよ。ご両親から先生を奪うような真似《まね》、あたしにさせないでおくれ――。

涙をこらえて気丈《きじょう》に言い切った女に、老爺は感心した。

「息子は、いい女房と巡り会えたんだなあと思ってね。それで、わしは言ったんだ」

――このまま富士の麓で暮らすのもいいが、もしできることなら、親子三人で江戸へ帰ってこないか。他に医者がいないんじゃ、村を離れるのは無理かもしれんが――。

ずっと一緒にいられなくてもいい。ひと目だけでも、もう一度、妻に息子を会わせてやりたい、と老爺は訴えた。

するる事情を聞きつけた名主《なぬし》がやってきて、言ったのだ。

——亡くなった大先生の弟子の弟子が、看板を上げるところを探していると聞いたよ。もし江戸へ戻るんなら、その人を村に迎えてもいいかね——。

とんとん拍子に話は進み、新しい医者が到着したのちに四人で江戸へ立つことになった。

「足が治るまでは、あんまり歩いちゃ駄目だと息子に言われたもんでね。先に帰る富士講の仲間に、女房への言伝《ことづて》を頼んで、わしもしばらく村にいたんだ」

その間に、血の繋がらぬ孫とも親しくなったという。

「たまらなく可愛いんだ、これが」

老爺は目を細めた。

「息子と嫁の間にも子供が生まれたんだが、どっちも本当に可愛い。みんな同じ屋根の下に暮らしているんだが、この幸せは全部、富士山のおかげだな」

居並ぶ者たちの間から、小さな唸《うな》り声が上がる。

「偶然にしちゃ、でき過ぎだよ」

「だけど、わざと怪我をする者なんかいないだろう」

ささやき声など耳に入っていない様子で、老爺は口角を上げた。

「信じるのも信じないのも勝手だが、わしは富士山へ行って本当によかった」

すずは思わず、うなずいた。老爺の話は本当だ。

神仏の導きか偶然か、すずにはわからないが、老爺は間違いなく思いがけない場所で息子と再会したのだ。

わしの話はこれで終わりだと言って、老爺は小さく頭を下げた。

「貴重なお話をありがとうございました。いやぁ、富士の霊験は本当にすごいですねえ」

仁左衛門が礼を述べて手を叩くと、座敷のあちこちから、ぱらぱらと拍手が沸《わ》き起こった。手を叩き続ける仁左衛門に釣られるように、拍手の音は次第に大きくなっていく。

仁左衛門が再び前に出て、一同を見回した。

「どうです、みなさん。富士の御山に行ってみたくなりませんか」

仁左衛門が最前列の男の顔を覗き込んだ。「ねえ」と声をかけられ、男はうなずく。

「そりゃ、まあ、奇跡を体験できなくても、富士の御山には登ってみたいもんだよ。ものすごい景色が広がっているという話は、よそでも聞いているからねえ」

周囲の男たちもうなずく。

「あんなに大きな御山に登る機会なんて、めったにないからなあ」

「駿河国にある山なのに、江戸からも見えるんだもの、そりゃ大きいよなあ。間近で見てみたいもんだ」

また視線を感じて、すずは周囲を見回した。

先ほどより、こちらを見ている人数が増えているような——。

「富士の御山にはご利益があると、わたしは信じます。わたしどもと一緒に、ぜひ富士の御山を目指しましょう」

仁左衛門の声が響き渡った。

「ご利益といえば、先ほどみなさんにお出ししたお団子は、最福神社門前にある茶屋、たまやさんのお団子なんですよ。たまやさんも、とても縁起がいいといわれているお店なので、みなさんに何かいいことがあるかもしれませんね」

一同がどよめいた。

「噂《うわさ》のご利益団子か」

「おれも聞いたことがあるぞ」

仁左衛門がまっすぐに、すずを指差した。

「たまやの娘さんが、あちらにいらっしゃいます」

みなが一斉に、すずを振り返った。先ほど見ていた者たちが誰なのか、あっという間にわからなくなってしまう。

仁左衛門がにっこりと笑った。

「すずさん、今日は本当にありがとうございました」

一同の視線が突き刺さって、すずは身を縮めた。

「参加してくださる方は、お帰りになる前に、お名前やお住まいを記帳《きちょう》していってください。まだ参加を迷っておられる方も、ぜひ、お名前だけでも書いていってくださいね」

仁左衛門の声が響き渡る中、がやがやと一同が動き出す。

すずは冷めた茶を飲み干して、ほっと息をついた。

おくめが顔を覗き込んでくる。

「世の中には、不思議なお話があるものなんですねえ」

「ええ、そうですね」

同意して、すずは立ち上がった。

「それじゃ、あたしはこれで。ごちそうさまでした」

おくめはゆるりと頭を下げる。

「すずさんのおかげで助かりましたよ。本当にありがとうございました。もう一杯お茶をいかがですか」

「いいえ、店がありますので」

思いがけず遅くなってしまったと思いながら、すずは急ぎ足でたまやへ戻った。

数日後——店を開けると同時に、おくめが再び現れた。

「たまやさんのお団子はたいそう評判がよくてねえ。旦那さまも大喜びでしたよ」

「ありがとうございます」

おくめはちらりと店内を見回してから、きよの前に立った。

「今日もお団子をあるだけ買いたいんですけど……また、すずさんに手伝ってもらえませんかねえ。下男の与太郎さんにお願いしようと思ったら、旦那さまのお使いで出かけてしまって」

おくめは袖《そで》で目頭を拭《ぬぐ》った。

「与太郎さんをすっかり当てにしていたもので、困っているんですよ。わたし一人で運ぶのも無理だし。それで、この前みたいに助けてもらえたら、と思って」

おくめは上目遣いで、きよをじっと見た。

「やっぱり駄目ですか。図々しいですよねえ。わたしがちゃんと与太郎さんの都合を確かめていれば、こんなことにはならなかったのに。年寄りの思い込みで、絶対に大丈夫だと決めつけていたから……」

おくめは袖を再び目頭に当てる。

きよは優しく微笑みかけた。

「わかりました。団子は、すずに運ばせますよ」

「まあ、本当ですか」

おくめは顔を上げて、にっこり笑った。

「ありがとうございます。たまやさんのご親切は、死んでも忘れません」

すずは用意した団子を背負って、おくめとともに店を出た。

以前と同じ仕舞屋へ行くと、また大勢の人々が集まっていた。今回も富士講の集いだろうか。

年増《としま》女が一人、目に入った。ぽつんと末席に座っているが、女中などではない様子だ。身なりも上等である。

前回と同様に、おくめとともに茶と団子を配り終えると、すずは勝手口へ向かった。

「待って、すずさん、今日もお話を聞いていってくださいな」

「いえ、店がありますから、あたしはこれで」

「せめてお茶だけでも」

「そのお気持ちだけいただいて帰ります」

おくめが、すずの腕をつかんだ。

「さっき、女の方が一人いらしたでしょう。周りが男の方ばかりだから、たいそう居心地が悪そうだったんですよ。すずさんが隣にいてくれたら、心強いと思うんですけどねえ」

「でも」

「どうかお願いします」

おくめさんが隣に座ってあげれば大丈夫ですよ、と言おうとしたが、強引に腕を引っ張られた。年寄りの手を振り払うわけにもいかず、すずは困った。

「あの、おくめさん、あたし今日は本当に——」

などと言っている間に、座敷へ連れていかれてしまう。

「さあ、どうぞ座ってください」

ぐいと背中を押され、女の隣に並ばされる。

仁左衛門が入室してきた。

「みなさん、本日はお集まりいただきありがとうございます」

富士講の説明が始まったので、すずは邪魔にならぬよう、そっと腰を下ろした。どこか区切りのよいところで退出しよう。また富士の霊験を語る者が前に出たら、その時にでも——。

と思っていたら、仁左衛門がすずのほうを手で指し示した。

「では、富士講のご利益を語っていただきましょう」

居並ぶ男たちが一斉にこちらを見る。

えっ、と思ったのもつかの間、隣の女がすっくと立ち上がった。すずが驚いているうちに、女は前へ歩いていった。

「わたしは女ですから、富士の御山には登ることができません」

この当時、富士山は女人禁制《にょにんきんせい》である。

「ですから富士講の方々に代参をお願いし、わたし自身は千駄ヶ谷《せんだがや》の富士塚へ参りました」

富士山を模して作られた塚が、江戸を始めとした各地に作られていた。千駄ヶ谷にある富士塚は、寛政《かんせい》元年（一七八九）に作られたといわれている。

「あの頃、わたしは父親が賭場《とば》で作った借金に苦しめられておりまして。このままでは吉原《よしわら》に売られてしまう、という寸前でした。けれど、わたしがいなくなったら、病の母親の世話はいったい誰が……もう母親と二人で心中するしかない、と思い詰めました」

女は目を潤ませて一同を見回した。

「同じ長屋の人が富士講に入っておりまして、いよいよ出立《しゅったつ》するという時に、言ってくれたんです。『あんたの分も拝《おが》んできてやるからな』って」

長屋の壁は薄く、家内の事情も筒抜けだ。女の悩みを知っていた男は、旅立ちの時に気分が高揚して、軽い気持ちで言ってくれたのかもしれない。けれど、その言葉に、女は一条の光を見出した思いだったという。

「富士山にすがる気持ちになって、富士塚にも登りましたし、しょっちゅう駿河町へ行って富士山のほうに手を合わせました」

日本橋の駿河町は、千代田の城の向こうに富士山が見えることから命名されたといわれる町である。駿河町から望む富士山が、江戸一番の眺望だといわれていた。

「だけど、いくら拝んでも、奇跡なんて起こらない。父親の借金は膨らむばかりで、わたしは切羽詰《せっぱ》まりました」

借金取りたちがやってきて、金を返せと女に迫った。父親は飲んだくれて、どこかへ行ってしまった。母親は布団の上で夜着にくるまり、さめざめと泣いている。

——ようよう、姉さんよう、これじゃあ、おめえが稼いで金を返すしかあるめえよ——。

——今から、おれたちと一緒に来てもらうぜ——。

女は観念した。もう駄目だ、自分が吉原に身を沈めるしかない……。

しかし一歩外へ出ようとした、その時。

——待て。その借金はいくらなんだ——。

長屋に現れたのは、いかにも裕福そうな男だった。強面《こわもて》の用心棒を二人従えている。

——惚《ほ》れた女を苦海《くかい》へ落とすわけにはいかない。借金は、わたしが肩代わりしよう——。

男は廻船問屋《かいせんどんや》を営んでおり、友人たちと気晴らしに訪れた千駄ヶ谷の富士塚で、女を見初《みそ》めたのだという。

「富士塚を登っている時、わたしの前を歩いていたその人が、煙草入れを落としたんです。腰に下げていた紐《ひも》が、突然切れてしまったみたいで」

拾って差し出すと、男は礼を述べたあと名前や住まいを聞いてきた。

——この煙草入れは祖父の形見で、とても大事な物だったんだ。ぜひ改めて礼をしたい

――。

「お礼なんていりませんって、わたしは言ったんですけど」

しつこく食い下がられ、つい名前と住まいを答えてしまったのだという。

「ひと目惚れっていうんでしょうか……目と目が合った時、離れ難《がた》い何かを感じました。あちらの眼差しも、何だか熱かったような」

女は頬《ほお》に手を当てた。

「でも、明らかに上等な身なりだったので、自分とは縁のない方だと思っていました」

女は何度も自分に言い聞かせたという。

――勘違いしちゃいけない。名前と住まいを教えたからといって、そこから恋が始まるわけじゃないんだ。もしも……なんて期待を持ったら、あとで自分がつらくなるだけ――。

「一度お礼のお菓子を持って訪ねてきてくれたんですけど、薄汚い長屋を見て、がっかりしたんだと思いました。それっきり会うこともなかったので」

生まれて初めて食べた高級な菓子、かすていらの味が口の中から消えていくように、男への淡い想いも、そのうちすぐに消えてなくなる。そうとしか思えなかった、と女は語った。

だが、男は再び現れた。そして借金取りに話をつけると、女に求婚したのだ。

「わたしの身辺を調べ、わたしを妻に望むことを周りに承知させてから、改めて長屋へ足を運んでくれたそうです」

今まとっている上等な着物の手触りを確かめるように、女は胸に手を当てた。

「わたしはその人のもとへ嫁ぎ、母親を医者に診せることができました。父親も改心して、今はうちの人の店で働いております」

ほうっ、と感嘆の息が一同の口から漏れた。

「いい話じゃねえか」

「男気があるねえ」

すずは女を凝視した。

嘘だ――。

話の途中までは違和感を抱かなかったが、最後のほうで引っかかりを感じた。

何かが、おかしい――。

だが、いったいどこに嘘があったのかわからない。

すずは混乱した。

話の中に、嘘と真《まこと》が入り混じっていたのか。だとしたら、いったい何が本当で、何が嘘だったのか。

そもそも女はなぜ、真実の中に嘘を混ぜ込んだのか。もし記憶違いであれば、嘘をついているという自覚が女にはなく、すずが違和感を抱くことに繋がらなかったのではないだろうか。

すずは首をひねって、一同の前に立っている女を改めて見つめた。

女は堂々と胸を張り、得難《えがた》い体験を誇るように微笑んでいる。その表情には、嘘をついたという罪悪感が見られない。

女がこちらを見た。じっと見つめてくる眼差しが挑むようだと感じるのは、すずの気のせいだろうか――。

思わず女から顔をそむけ、それをごまかすように、居並ぶ一同を見回した。みな感心しきりの様子で、女に拍手を送っている。この中の誰一人として、先ほどの話を疑っていないのだろうか。

「では、次の方です」

仁左衛門の声に、はっとする。前を見ると、女と入れ替わって若い男が前に出るところだった。

「おれは実際、富士山に登ったんですがね」

女に気を取られているうちに、退出する絶好の頃合いを逃してしまった。

すずは躊躇《ちゅうちょ》する。

若い男はどんどん話し続けている。話の最中でも構わずに席を立つべきか、それとも話の邪魔にならぬよう、もう少しだけ頃合いを見るべきか。

いや、やっぱり帰ろう——すずは腰を浮かせた。

しかし上から肩をぐいと押され、また座り込んでしまう。いつの間にか隣まで戻ってきていた女の手が、すずの肩に載せられていた。

「大勢の前で話すなんて、すっかり緊張してしまったわ」

女はにっこり笑いながら、すずの隣に腰を下ろした。その手は、肩に置かれたままだ。

「わたしの話は、ちゃんと伝わったでしょうか」

小声で尋ねられて、すずは動揺した。

話の中に嘘があったのではありませんか、とこの場で問いただしてよいものか。もし女が逆上して「わたしが嘘をついたと言うの⁉」とでも叫びながら、つかみかかってきたら——。

不意に、反対隣に気配を感じた。横を見ると、おくめが座っている。

いつの間に——ついさっきまで、いなかったのに——。

「大変お上手な話しぶりでしたよねえ、すずさん」

「え、ええ……」

前方では男の話し声が続いている。

おくめはいたずらっ子のような顔で「しいっ」と唇に人差し指を当てると、前を向いた。

すずは身を強張《こわば》らせる。まるで四面楚歌《しめんそか》に陥った境地だ。敵に左右を挟まれ、身動きが取れなくなってしまったような気分である。

富士の経験を語った女は、いったい何者なのだ。そういえば、どこの誰々とは名乗っていなかった、と今さらながらに気づく。

けれど前回、富士の霊験を語った男たちも、確か、名乗ってはいなかった。

あの二人の話には、嘘がなかったはずだ。

ということは、おくめや仁左衛門は、先ほどの女の話を信じ切っているのか。それとも、女の話に嘘があると知っているのか。

考えたくはないが、もし知っているのだとしたら、この富士講は信用できない。富士講に入る者を増やすため「さくら」を使っていることになる。

だが、しかし……女の話の途中までは、嘘がなかったはずなのだ。

すずは自分の中の「嘘を見抜く力」に問いかけた。

いったい、あたしは何を信じればいいの……。

答えはわからない。

すずは心の中で、龍に向かって呼びかけた。

龍さん、あなたには、どれが嘘でどれが本当かわかっているの？　もしわかっているなら、教えてちょうだい。正しいことが何なのか、あたしに指し示して――。

だが、いくら待っても何も起こらない。心の中で何度強く訴えても、いつものような合図らしき風は吹かず、招き猫騒動の時のように都合よく宇之助を連れてきてくれるわけでもなかった。

招き猫騒動とは、昨年の師走《しわす》に起こった詐欺事件である。招き猫を買えば願いが叶うという触れ込みで、祈禱師《きとうし》が念を込めて売ったが、その祈禱師は偽物だった。しかし呪《のろ》いのかかった招き猫が見つかったこともあり、呪術師の関与が疑われていたのだ。

「――で、おれは女に入れ揚げて、うっかり貢《みつ》ごうとしていたってわけですよ」

居並ぶ者たちが、どっと笑った。

「今笑った人たちは、おれの気持ちがわかるってこった。きっと女にのめり込んだ経験がおありなんでしょう」

不安に脈打つ胸を押さえながら、すずは前に顔を向けた。

左右の二人ばかり気にしていると、どんどん不信感が募ってしまう。

おくめたちは悪人なのか――。

けれど、おくめがたまやへ現れた時には何も感じなかった。きよも同様のはずだ。

そもそも、おくめが悪人であるならば、すずを守っている龍がここへは来させず、何らかの形ですずを足止めしていたのではないだろうか。

考えれば考えるほど混乱してくる。

少し落ち着こうと、すずは努めた。左右の二人から気をそらすべく、前で話している男に顔を向ける。

「おれは、あきらめたくないって強く思ったんですよ。こんなところで負けてたまるか、こんちくしょう、ってねえ。それで富士講に入りました」

ろくに話を聞いていなかったが、どうやら女に貢いで身を持ち崩しそうになり、富士講に入ったらしい。

「そうしたら、富士講に入った夜、富士山に登った夢を見ましてねえ」

すずは愕然《がくぜん》とした。

嘘だ――。

「夢の中で、おれは富士の山頂から雲海を見下ろしていました。まるで雪の大平原《だいへいげん》のような雲の上に日輪《にちりん》が燦々《さんさん》と輝いているのを見て、涙が溢《あふ》れましたよ。世界のすべてが淡い黄金に染まったかのような景色に、息を呑みました。こんな美しい景色が世の中にあるのかと思ったら、涙が止まらなくなって……」

夢の中の光景を思い出して感極まったように、男は瞑目《めいもく》した。

「朝、目が覚めた時、おれの両目からは涙がとめどなく流れ落ちていました。夢の余韻《よいん》はいつまでも残り続け、夢現《ゆめうつつ》の中で買った富《とみ》くじは、何と大当たり！」

居並ぶ者たちが「おおっ」と声を上げた。

すずは頭を振る。

男は大っぴらに嘘を語り続けた。

「この世には神も仏もいるもんかって思った時もありましたがねえ、信じることは大事だと、つくづく思いましたよ。女に騙《だま》されて泣いたおれが、富士講に入ったとたん大金持ちだ。これで富士山に登っちゃったら、どんないいことが待ち構えているんだって期待が膨らむでしょう」

すずは顔をしかめた。

一同は身を乗り出して男の話を聞いている。

「で、実際にどんないいことがあったんだ？」

最前列に座っていた者が声を上げた。男は満面の笑みを浮かべる。

「よくぞ聞いておくんなすった！　善行を積まなきゃならねえと思ったおれは、富くじで得た金を富士講のみんなで分けたんですよ。そうしたら、そりゃたいした心がけだってんで、周りが寄ってたかって、おれを褒めそやしましてね。その声を聞いた、某商家の大旦那が、自分の孫娘との縁談を――」

すずは大きく首を横に振った。

「嘘――そんなの嘘――」

思わずこぼした瞬間、隣に座っていたおくめがすっくと立ち上がった。

「嘘つくんじゃないよ、この詐欺師《さぎし》め！」

おくめが叫んだ。

何事かと一同がざわめく中、おくめは素早く前に走り出て、男の頭をすぱんと扇子《せんす》で叩いた。いつどこから扇子を取り出したのか、すずには見えなかったが、帯に挟んでいたのだろうか。

男がぽかんと口を開けて、おくめを見た。

おくめは閉じたままの扇子を男に突きつける。

「あんた、また嘘をついたね！　いつまでも売れない噺家《はなしか》のままじゃ嫌だから、何とか運をつけたい、富士山に登ったら幸運に恵まれるだろうか、って泣きついてきたから、かわいそうに思って旦那さまを紹介してやったのに」

「あ、ああ……」

男は、はっとした顔になってうめいた。

おくめは扇子を振り上げ、ばしばしと男の頭を叩き続ける。

「噺家なら人前で話すのはお手の物、落語の練習だと思ってみなさんの前で富士登山への意気込みを熱く語ってみたらどうだい、最後に自分の寄席《よせ》の宣伝をしてもいいよ、って旦那さまに言っていただいた、せっかくの機会だったのに」

おくめは憤怒《ふんぬ》の形相で叫んだ。

「何で話を作っちまうんだ、この馬鹿たれが！」

男は自分の頭を両手で抱え、おくめの扇子攻撃から身をかわした。

「ごめんよ、おくめさん。何で話を作っちまうんだって、そりゃ、おれは噺家だからさあ。人前で口を開くからには、ちょっとでも面白おかしくしゃべんなきゃって、いつも考えちまうんだ。さっきの女の人の話より、もっとすごいやつを語らなきゃと思ったら、つい、あんなふうに……」

「お黙りっ、言い訳は聞かないよ！」

おくめが再び扇子を振り上げる。そこへ仁左衛門が割って入った。

「まあまあ、少し落ち着きなさい」

おくめはしゅんと肩を落とす。

「でも、旦那さま。こいつは旦那さまのお顔にまで泥を塗るような真似を……」

「わたしのことはいいから」

仁左衛門はおくめの背中をそっと叩いて、一同の前に向き直った。

「申し訳ございません。本日は富士の霊験を語ってくださる方と、みなさんと同じように富士山に登ってみたいと思っている方、両方をお招きしたつもりだったのですが――そのうちの一人は『富士山に登ってこんなことがあったらいいなあ』という妄想……いえ、願望を語ってしまったようで」

座敷のあちこちから笑い声が起こる。

「まあ、気持ちはわかるがなぁ」

「噺家の矜持《きょうじ》にかけて、素人の語りに負けちゃいけねえと気負っちまったのか」

「最初っから作り話くさかったもんなあ。まだまだ修業が足りねえぜ」

笑い声が続く中、男はぺこりと頭を下げる。

「どうもすいませんでした。つい出来心だったんで。お許しくださった方は、その証《あかし》として、明後日開かれるおれの寄席に来ていただけませんかねえ。あ、もちろん木戸銭《きどせん》はちゃんと払って」

一同の笑い声が大きくなる。

おくめは「まったく、もう」と言いながら、すずの隣に戻ってきた。

「すみませんねえ、変なところをお見せしちゃって」

深々と頭を下げるおくめに、すずは微笑んだ。

おくめは悪人ではなかったのだという大きな安堵感が込み上げてくる。

すずの隣に座っている女も、噺家のように、人前で語るからには少しでも素晴らしい出来事に聞こえるよう話さねばならないと思うがあまり、誇張して、嘘が混じった形となってしまったのかもしれない。

ちらりと女の顔を見れば、優しげな笑みを浮かべておくめを見つめている。悪女には見えなかった。

すずは今度こそ腰を浮かせる。

「あたし、そろそろお暇《いとま》します」

おくめは残念そうな顔をしながらもうなずいた。

「お店があるのに、長々とお引き留めしてすみませんでしたねえ」

「いえ、お茶をごちそうさまでした」

一礼して外に出ると、通りに立ち並んでいる料理屋の軒先《のきさき》に置いてあった鉢植えが目に入った。やわらかな日差しの中で、梅の花がほころんでいる。

すずは穏やかな気持ちで帰路《きろ》に就《つ》いた。


その後も二度ほど、おくめに頼まれて、すずは団子を仕舞屋まで運んでいった。

しかし、この先もずっと毎回届けるとなれば、たまやの仕事に支障が出るかもしれない。そこで、きよがやんわり「下男の与太郎さんとやらを買いに寄越して欲しい」という旨を伝えたところ、おくめは寂しそうな顔で承知したのち、ぱったりと来なくなった。

「もう届けないと言われて、怒ってしまったのかしら」

すずが案じると、きよは肩をすくめた。

「だとしても、仕方ないよ。うちはもともと出前なんてやってないしね。もしかしたら与太郎さんって人が当てにできなくて、届けてくれる菓子屋を他に見つけたのかもしれないよ」

「そうね」

おくめの負担にならない形で落ち着いたのであれば、それが何よりだと、すずは気を取り直した。

「何の話だ？」

占い処で客待ちをしていた宇之助が、すずに怪訝《けげん》な目を向けてくる。

「そういえば、おくめさんはいつも、宇之助さんがいない時に来ていましたっけ」

団子を運んだ経緯《いきさつ》を話すと、宇之助は眉根《まゆね》を寄せた。

「身分を問わぬ富士講か……」

すずは首をかしげた。

「何か気になることが？」

「富士講は、これまでに何度か公儀《こうぎ》に目をつけられ、取り締まられている」

「えっ、そうなんですか⁉」

宇之助はうなずいた。

「呪術《じゅじゅつ》をもとにした修行をしている講もあってな。町人が山伏《やまぶし》まがいの行いで世直しを謳《うた》うような真似はならんと、禁止令が出されたこともあった。といっても、富士詣そのものを咎《とが》められたわけではないし、相変わらず町人たちは大っぴらに富士講を結成しているがな」

宇之助は顎《あご》に手を当て、宙を睨《にら》んだ。

「おまえが見た集まりの中に、武士もいたというのが少々気になる。役に就けぬ貧しい下級武士が、出世などを祈願して、町人とともに富士山へ向かうという話も皆無ではないかもしれんが――」

宇之助はふと口をつぐんで、表口へ顔を向けた。

「これはこれは、加納《かのう》の旦那じゃありやせんか」

がらん堂の口調になって、宇之助は愛想笑いを浮かべる。

「おなつちゃんは来ていませんぜ」

北町奉行所の高積見廻《たかづみみまわ》り同心、加納源丈《げんじょう》が、顔をしかめながら店内へ踏み入ってくる。中間《ちゅうげん》の寅五郎《とらごろう》があとに続いた。

高積見廻り同心は、往来や河岸《かし》に置かれた積み荷に危険がないか取り締まるのが役目である。江戸市中を見回り、荷の積み方に不備があればすぐ商家の者たちに声をかけたりするので、おのずと顔が広くなると聞いた。

おなつの家である浅草田原町一丁目の提灯屋、半田屋にも、加納はたまに立ち寄っている。

「別に、おなつを捜《さが》しておるのではない」

と言いながら、加納は店内を見回して、ひどく残念そうな表情になった。やはり、おなつがここにいると思って来たのだろうか。

すずは小首をかしげる。

加納はおなつに「ほ」の字だと言われているが、武士と町女では釣り合いが取れない。おなつを気に入っているのは確かだろうが、加納がどこまでおなつを想っているのか、すずにはわからなかった。

おなつのほうは、まったく何とも思っていないようだが……。

「今日は、すずに用があって参ったのだ」

加納にじっと見つめられ、すずは戸惑った。

「あたしですか？」

「おまえ、上野で開かれた富士講の集いに顔を出しただろう」

「うちの団子を届けましたが……」

加納の眉間《みけん》にしわが寄った。

「あの富士講は、詐欺師たちが開いたものだったのだぞ」

「えっ、まさか」

すずは二の句が継げなくなる。

加納はため息をついて、占い処のすぐ前の長床几に腰を下ろした。その脇に寅五郎が控える。

きよが茶をふたつ運んできた。

「あの、加納さま、うちは頼まれて団子を運んだだけなんですよ。上野の仕舞屋に住み込みで女中をしている、おくめさんというお年を召した方が買い物にいらしたんですけどね、団子が重くて運べないとおっしゃったもので」

加納は鷹揚《おうよう》にうなずいて、長床几の上に置かれた茶をひと口飲んだ。

「わかっておる。すずが詐欺に加担しておったと疑っているわけではない」

立ったまま茶をすすっていた寅五郎が、すずの顔を覗き込んできた。

「宝屋仁左衛門と名乗った男の富士講に誘われて、説明を聞きにいった者たちを、加納の旦那とおれが、しらみ潰《つぶ》しに当たったんだ。で、おめえの話も聞いたってわけよ」

事の始まりは、加納のもとに寄せられた一件の相談だったと、寅五郎が語り出す。

「旦那が見回りをなさっている時に、ある商家の主が、家宝の茶道具が質《しち》に流れていたと言ってきてなあ」

それは、かの有名な茶人、千利休《せんのりきゅう》が生前に使ったことのある名品だといわれていた。利休の弟子の持ち物であったが、この茶道具で師が茶を点《た》ててくださった、という旨を記した文《ふみ》が残されていたという。

「商家の先祖が、何らかの形で手に入れた物らしくてよ。たまに知り合いに見せて自慢する他は、家の奥深くに大事にしまっていたそうなんだが」

その家宝を質屋で見かけたと知人に言われ、商家の主は仰天《ぎょうてん》した。家の中にあるはずの茶道具を確かめると、なくなっていたので、慌てて家の者に尋ねたという。

「家族はもちろん、奉公人たちにも一人残らず聞き回ったんだとさ。そうしたら」

隠居《いんきょ》した先代――つまり、主の父親が持ち出していたとわかった。

主は怒った。

――いったい何をやっているんだい、おとっつぁん。先祖代々、大事にし続けてきた家宝を質屋に持っていくだなんて。まさか女に貢いだんじゃないだろうね。それとも賭場で借金をこしらえたとか――。

父親は否定した。

――わしは質屋になど持っていってはおらん。お清めのために預けただけだ――。

そこで初めて主は、父親が富士講に入っていたことを知ったのだという。

寅五郎は目をすがめて、すずを指差した。

「その富士講ってのが、おめえが団子を運んでいったやつだったってわけだ」

「そんな」

「やつらは、富士講に加わった者たちから積み立て金を取るのみならず、持っている金目の物を奪っていたのよ」

名目上は「お清め預かり」だという。

富士山へ詣でる前に、すべての不浄を取りのぞいておかねばならない。金には人の欲がこびりついているため、大金を払って買った物は欲まみれになっているのが常である。よって、富士山へ向かって旅立つ前に清めておく必要がある。

「だから高値で購入した物があれば世話人に預けろ、とやつらは言ったんだ」

「何てこと……」

多少なりとも自分が関わったあの場所で、詐欺働きが行われていただなんて――認めたくなくて、すずは頭を振った。

「富士講を怪しむ人はいなかったんですか」

「いたさ」

寅五郎が即答する。

「だが、それは心底から神を信じ切れていないからだ、って言葉巧みに丸め込まれちまったのよ」

――世話人に渡した物は、あくまでも預かるだけ。富士山から帰った暁《あかつき》には、しっかり清めておいた物をちゃんと手元に戻す――。

「やつらは、そう言い張ったんだ」

富士山に登るのは、神の住まう地に足を踏み入れることである。願をかけるのであればなおのこと、人を信じる勇気も、自分の大事な物を差し出す覚悟も何もなく、ただ恩恵だけを甘受《かんじゅ》できるはずがない。

——神は、おまえたちを試しておられるのだぞ——。

何度も同じ話をくり返されるうち、本当に「神に試されているのでは」と思うようになった者たちが出てきた。商家の隠居も、その一人だったのだ。

「それで大事なお宝を、まんまと富士講に預けちまったのさ。まさか茶道具が質に流されていたとは夢にも思わなかった、って隠居は呆然《ぼうぜん》としてたぜ」

主は激しく父親を責めた。

——そんな怪しげなやつらに家宝を渡すだなんて、どうかしてるよ。おとっつぁんは、とうとう耄碌しちまったのかい——。

富士講を信じていた父親は、突然知らされた出来事に衝撃を受けながらも反論した。

——だって、おまえ、商売人は成功するために神を敬《うやま》わなきゃならんということも、先祖代々伝えられてきただろう——。

——家宝を差し出せなんて言う神がいるもんか。どうして騙されていることに気づかなかったんだよ。先祖の教えを守れと散々言っておきながら、これじゃあ先祖に申し訳が立たないじゃないかっ——。

とにかく一刻も早く家宝を取り戻すべきではないかと番頭《ばんとう》に進言《しんげん》されて、主は質屋へ走った。

「無事に取り戻せたのはよかったが、どこの誰が品を持ってきたのかまでは、質屋も教えてくれなかったそうだ」

きっと揉《も》め事に巻き込まれるのを恐れたのだろう、と訳知り顔で寅五郎は続けた。

「こりゃもう町方に届けるしかねえと主が思った、まさにその時、加納の旦那が店に顔をお出しになったのよ。で、何としてでも下手人を捕らえてくれって泣きついたわけだ」

寅五郎が説明している間、ずっと茶を飲んでいた加納が鷹揚にうなずく。

「罪人を捕らえるといえば、通常は定町廻《じょうまちまわ》りなどの役目であるが、このおれを頼りたくなる心情はよくわかる。誰だって、面倒見がよく親切な者にすがりたくなるものだからな」

おのれに陶酔《とうすい》しているような表情で、加納は目を細めた。

「おれは即、土谷《つちや》さんに伝えてやったのよ」

土谷庄右衛門《しょうえもん》は、北町奉行所の定町廻り同心である。土谷の中間、金吾《きんご》とともに、占い処の客を救う一計に加わってくれたことがあった。

「町方が相手となれば、質屋も黙っておるわけにはゆかぬ。土谷さんの調べには、ぺらぺらと口を割りおったそうだ」

加納がじろりと、すずを見る。

「富士講の説明を聞きに参った町人たちの中に、武士も数名おったであろう」

すずはうなずいた。

「それじゃ、あの中の誰かが……」

「質屋へ行ったのは一人だが、関わっておったのは全員だ」

加納の言葉に、すずは息を呑む。

「あの場におった武士たちはみな、富士講を仕切っている側の人間だったのよ。宝屋仁左衛門と組んで、町人たちから金品を巻き上げておったのだ」

痛ましい気持ちで、すずは目を伏せる。

加納は汲出茶碗を長床几の上に置くと、疲れたようにため息をついた。

「結果を告げにいった土谷さんに、おれも同行したのだが……隠居の憔悴《しょうすい》ぶりが激しくてなあ」

慰めながら、そもそもなぜ富士講に入ろうとしたのかを優しく問うと、今にも泣きそうな顔で答えたという。

――息子の将来が心配で――。

「息子に託した店が長続きするか、ずっと案じていたと申すのだ」

――今はよくても、五年後はどうか。十年後、二十年後も繁盛《はんじょう》していられる店を、息子は築き上げられるだろうか。息子の代で店を畳む羽目にはならぬだろうか。そんな心配が、毎日のように頭をよぎるのです――。

老いた父親は切々と続けた。

――昔は、早く隠居してのんびり過ごしたいと思っておりました。けれど、いざ隠居してみると、自分が店をやっていたほうが気持ちが楽だった気がするのです。苦労を背負うのは息子ではなく、自分だったのですから――。

富士講に入った動機が純粋な親心だったと知って、怒り続けていた息子はしばし絶句していたという。

「残念ながら一部の者たちは取り逃してしまったが、富士講を仕切っていた側のほとんどを引っ捕らえたと土谷さんが告げたら、親子そろって黙ったまま半べそをかいておった」

じっと話を聞いていた宇之助が静かに口を開いた。

「長い沈黙のあと、息子のほうが、こう言ったんじゃねえですか。『わたしがもっとしっかりしていれば』ってね」

加納は目を大きく見開いて、宇之助に顔を向けた。

「なぜ、わかるのだ」

「親父さんの心持ちを知って、黙り込んでいた時に考えることってえのは、だいたいそんなとこでしょう。息子のほうは何だか頼りなくて、たとえやる気があったとしても、それが親父さんには伝わらねえ。だから親父さんのほうも、いい年をした息子の心配をいつまでも続けちまう」

加納は小さく唸《うな》った。

「まさに、そんな話をしておった」

店を切り盛りする立場になったのに、どこか浮ついたまま、心の底から主になりきれない自分がいる。もっと商売に身を入れねばならぬのに、遮二無二《しゃにむに》邁進《まいしん》しているとは言い難い。自分でもわかっていることを、父親がわからないはずはない。

「ずっと見抜かれていたのだろう、と主は語っておった。家業から逃げず、ちゃんと取り組むべきだったのだと、たいそう悔やんでおったわ」

宇之助は訳知り顔でうなずく。

「だけど、すべて親父さんのせいにするんじゃなくて、自分にも落ち度があったと認めているんなら、もう大丈夫でしょう。富士講の積み立て金が返ってこなくても『今回の騒動は自分に足りないものに気づくための出来事だった。父親の気持ちに気づいて、親子の絆《きずな》を深めるための生き金にできたから惜しくはないんだ』って思えるでしょうよ」

寅五郎があんぐりと口を開けた。

「確かに、死に金じゃねえって主は言ってたぜ。ねえ、旦那」

「うむ……」

加納は腕組みをして、宇之助を見つめた。

「占っておらぬのに判じられるのは、霊力か何かを使っておるからか？」

宇之助はからりと笑う。

「んなもん使わなくたって、それくらいわかりますよ。これまで数多くの客たちを占って、いろんな話を見聞きしてきやしたからねえ。ま、世間にゃよくある話です」

宇之助は顔の横に人差し指をかざした。

「長年占い師をやっていて気づいたことですが、成功するやつと、しないやつの間には、大きな違いがあるんです」

加納がわずかに身を乗り出す。

「成功するのは、どのような者だ？」

「まず、人のせいにしねえんですよ」

宇之助は即答した。

「あいつが悪いからおれは駄目だったんだ、なんて言い訳をするやつぁごまんといますがねえ。そういう輩《やから》は、失敗を他人のせいにして終わるから、進歩がねえ」

それに対して、自分に原因があったのだと受け入れられる者は、自分に足りないものに気づき、向上のため努力をするので、成功に近づいていけるのだ、と宇之助は続けた。

「今回の商家の旦那は、最初は親父さんに怒っていたって、けっきょく自分にも原因があったんだって振り返ることができたんでございやしょう。そんなら成功への道を歩いていける。この先、商売で失敗することがあったって、奉公人のせいにしたりしねえで、立派に店を守っていけるでしょうよ」

宇之助は「それより」と言って、話を転じた。

「取り逃がしちまった一部の者たちってえのは、どんなやつらで？」

加納はいまいましそうに顔をしかめる。

「富士講の世話人だ。宝屋仁左衛門という名も、偽名だったやもしれぬ。それから、おくめという老女」

すずは目を見開いた。

「おくめさんは、ただ雇われていた女中じゃなかったんですか⁉」

思わず詰め寄ると、加納は頭を振った。

「わからぬ。ただの雇われ女であれば、仁左衛門とともに姿を消さなかったのではないか、というのが土谷さんの見解だ。おれも同意見でな」

「そんな、おくめさんまで……」

すずの頭に、おくめの笑顔が浮かぶ。

「おまえが団子を届けた時、おくめはどんな様子だったか聞きたいと思って、今日は来たのだ」

加納に促されるまま、すずは見聞きしたことを話した。たまやを訪れた際の様子は、きよもつけ加える。

すずたちが語り終えると、加納は顎に手を当て瞑目した。

「おくめが申しておったという、与太郎なる下男は、土谷さんの調べた限りでは、おそらく存在しておらぬぞ」

すずは唖然《あぜん》として、きよと顔を見合わせた。

「あの仕舞屋の持ち主は別にいる。友人を介して知り合った宝屋仁左衛門という男に頼まれ、数回貸したのだと申しておった」

すずは口を開いたが、何も言えない。半開きになっていく口の間から漏れるのは、ため息のみである。

「おくめっていう婆さんは、いつも、おれがいねえ時に来てたって言ってたよなあ」

宇之助の言葉に、きよがうなずく。

「たいてい店開け直後でねえ。確か、宇之助さんが夜に退魔《たいま》の仕事をするから、次の日は昼頃から来るって言ってた時のはずだよ」

「そっからして怪しいぜ」

宇之助は断言した。

「その婆《ばばあ》、おれがいねえ時を狙ってきやがったな」

加納が目をすがめる。

「ということは、招き猫騒動の時のように、何らかの術が使われておったのか」

宇之助はうなずく。

「すんなり仕舞屋を借りられた辺りからして、術者《じゅつしゃ》の気配を感じますねえ。先ほど、仕舞屋の持ち主は友人を介して宝屋仁左衛門と知り合ったとおっしゃいましたが、詳しい経緯はご存じで？」

「いや、はっきりとはわからぬのだ。居酒屋で酔った折に意気投合したらしいが、どこに住んでおるのかも知らぬそうだ」

宇之助は、ふんと鼻を鳴らした。

「操られちまったのかもしれませんねえ」

寅五郎が「ひっ」と小さな悲鳴を上げる。

「あ、操られちまったって、呪いか。今回お調べに関わっちまった者たちも、危ねえのか？」

宇之助はじっと寅五郎を見た。続いて、加納に目を移す。

「お二人は大丈夫でさ」

寅五郎が安堵した表情で、ほーっと大きな息をついた。

すずは祈るような気持ちで両手を握り合わせ、加納の顔を覗き込んだ。

「あの、富士の霊験を語った人たちはどうなんでしょうか。みんながみんな嘘をついていたわけではないと思うんですけど……」

真実を語っていると感じた者も、確かにいたのだ。

加納はうなずく。

「霊験を語っておった者をすべて捕らえたわけではない。金をもらって詐欺に加担した者と、あくまでも自分の体験として語っていた者がおった」

すずが話を聞いた中では、代参を頼んだ女と、売れない噺家の二人が捕らえられたという。

「あの女は、あこぎな商売をしている廻船問屋の妻でな。裏で悪さをしておるという評判が立っているのだが、さっぱりしっぽがつかめぬ。土谷さんは、富士講の件で女を引っ張り、亭主の裏の商売についても聞き込もうとしたのだが、けっきょく、ぼろは出さなかった」

女が語った身の上に嘘があったといっても、改心して夫の店で働いていると言った父親がすでに他界していたくらいだ。

――みなさんの前で美談を披露しなきゃいけないと思って、ちょいと芝居がかった嘘を織り交ぜちまったんですよ。それが、お縄にされなきゃならないほどの大罪なんですか――。

悪びれなく笑った女を、土谷はすぐに釈放せざるを得なかった。

「かつて病の母親を抱えていたのも、千駄ヶ谷の富士塚で亭主と出会ったのも、どうやら本当だったらしい」

噺家のほうは、人相書きが出回っている詐欺師だったという。

すずは悔やんだ。

あの時、自分が詐欺師を「嘘つき」と糾弾《きゅうだん》していれば……おかしいと思った時すぐに町方に報《しら》せていれば、もっと早く土谷たちが動いて、悪人たちをすべて捕らえられたかもしれないのに……。

加納が立ち上がる。

「おくめらしき女を見かけたら、すぐ番屋へ走れ」

「はい」

今度こそ躊躇《ちゅうちょ》はしない、とすずは強く思った。

加納たちが去って間もなく、仏師《ぶっし》見習《みならい》となった源之丞がやってきた。着流しに木屑《きくず》がついており、修業に励んでいるのだろうと思われる。

挨拶もそこそこに、源之丞は占い処の前に立った。何やら表情が硬い。

宇之助が小首をかしげて見上げた。

「どうなすったんで？　占いですか」

源之丞は首を横に振った。

「改めて、礼を述べにきたんだ」

「何だかわからねえが、まあ、お座りなせえ」

源之丞は茶を注文すると、占い処の床几に腰を下ろした。

「わたしと丹次郎がやめたあと、景星塾はいつの間にか解散しておってな」

「へえ？」

宇之助が片眉を上げる。

すずは茶を淹《い》れると、源之丞のもとへ運んだ。すぐに口をつけて、源之丞は小さく息をつく。心なしか、茶を飲んだ瞬間に表情がゆるんだような。

「わたしたちと同じく畳奉行手代《てだい》の子たちには、丹次郎とともに塾をやめるよう説得しておったのだ」

多少の時はかかったが、苦労の甲斐《かい》あって、みなやめたという。

「畳奉行手代の子以外も、どんどん抜けていった。下の組の者たちは、自分が落ちこぼれていると思っていたのでな。一人がやめると、また一人――立て続けにいなくなった」

だが、上の組の者たちは、自分が有能だと信じている。どこまでも中野についていこうと固く決めているようだった、と源之丞は続ける。

「詳しい経緯は知らぬのだが、先日、ある富士講で詐欺が行われておったそうでな」

すずは宇之助と顔を見合わせた。きよも調理場で耳を澄ましていたらしく、心配そうな顔で出てくる。

「その富士講に、景星塾の上の組の者たちが関わっておったというのだ」

すずは息を呑んだ。

あの場で見かけた武士たちが、まさか景星塾の生徒だったとは――。

「中野先生とともに、みな、お縄になったらしい」

富士講の説明など他人目《ひとめ》につく場所には生徒を出し、中野は陰にひそんで報告を受けていたという。

源之丞は重苦しい表情で、汲出茶碗を握りしめた。

「中野先生は『ともに理想郷を造ろう』と生徒たちに呼びかけていたそうだ」

上の組に知り合いのいた者が聞いたのだという。

――鶏の儲け話には、期待していたほど人が集まらなかった。失敗した計画は潔く捨て、別の試みに挑もう。わしの知人が、富士講の計画を進めておる。わしらも、そこに加わるのだ。そして人々から集めた金で、素晴らしい世の中を築き、人々に利をもたらすのだ。おまえたちなら、きっとできる――。

中野を盲信していた者たちは、中野の言葉に従った。

「そして富士講で集めた金を、理想郷のための資金だと言って、持ち逃げしようとしたのだ。信仰を試すと言って、高価な品々を持ってこさせ、質に入れた者もいた」

かつての仲間の情けない姿を目の当たりにしたように、源之丞は顔をゆがめた。

「金儲けの駒として使われていたことに、やつらは気づかなかった。丹次郎に言われなければ、わたしも気づけなかった。冷静になれば、もっと早くわかったかもしれぬのに……」

「常に冷静でいるってえのは、なかなか難しいもんですぜ」

宇之助が口を挟んだ。

「部屋住みの方々は、将来に大きな不安を抱いていらした。不安は心を波立たせ、時に大きく揺るがしてきます」

魔《ま》は、人が恐れおののいた隙《すき》に入り込み、心身を支配していくのだ――と宇之助は続けた。

「魔が差すとは、よく言ったもんでね。冷静になんざなれねえ境地へ運ばれて、都合よく操られちまうんですよ」

源之丞は両手で握りしめた汲出茶碗の中をじっと見つめた。

「わたしは救われたのに、彼らは救われなかった……」

「気に病むこたぁございませんよ。それは仕方がなかったことなんで」

宇之助の言葉に、源之丞は顔を上げる。

「上の組にいた方々は、本当に優秀だったのかもしれねえ。だが、それは勉学に限った話だったんじゃございやせんか。あ、勉学を極めるってえのも、もちろん大変なことなんですがね。上の組にいた方々は、自分の過ちを認められる器をお持ちだったんですかねえ」

宇之助は目を細めて、源之丞を見つめた。

「誇りってやつは、持ちようを間違えると、ただの埃《ほこり》――つまり、屑になっちまうんで」

あんたの誇りは何だい、と問われたような表情で、源之丞は顎を引いた。

「彼らのことは忘れまい。理想を追って邁進し、いつか自惚《うぬぼ》れるような事態に陥らぬよう、常に自戒の心を持っておらねばならぬ」

「まあ、自責の念が強過ぎてもいけませんがねえ」

宇之助は微笑んだ。

「源之丞さまは、けっきょく、ご自分の良心に従って塾をおやめなすったんだ」

「だが、一人では動けなかった。丹次郎のおかげだ」

源之丞の言葉に、宇之助はうなずく。

「周りに恵まれるってえのも、ご自分の力なんですぜ。一途《いちず》に仏像《ぶつぞう》を彫《ほ》り続けてきたことで、神仏《しんぶつ》と繋《つな》がり、導かれてきたってのも大きいでしょうがねえ。腐った性根の者には、神仏も力を貸しちゃくれません」

源之丞は嬉《うれ》しそうに口角を上げた。

「ありがとう。がらん堂のおかげで、やっと本当の自信が持てる気がするよ。今回の件で、わたしが選んだ道は間違っていなかった、と両親たちに改めて認めてもらえたんだが、中野先生たちを思い出すと、何だか気持ちが鬱々《うつうつ》としてしまってね」

これからは一心不乱に仏像を彫り続けると晴れやかに言って、源之丞は帰っていった。

しかし、すずの心は晴れない。どんよりと暗くなるばかりだ。すずは唇を噛《か》みしめてうつむいた。

きよが首をかしげて、顔を覗き込んでくる。

「どうしたんだい。そりゃ、おくめさんのことは驚いたけどさ。おまえには何の嫌疑《けんぎ》もかけられていないんだよ?」

「でも、おっかさん」

すずは声をしぼり出した。

「あたし、まんまと騙されていたのよね。嘘を見抜けていたのに——おくめさんの手の平の上で転がされてしまったんだわ」

すずの目に涙がにじんだ。

「嘘を見抜けるだなんて思い上がって、けっきょく、何もできなかった。一部の人たちが捕まったって、積み立てたお金は戻らなかったんでしょう? 宝屋仁左衛門と、おくめさんが、持ち逃げしたに違いないわ」

景星塾の者たちは、蜥蜴《とかげ》が自分の尾を切り捨てて逃げるように、見捨てられたのだ。最初から、そうやって使うつもりだったのかもしれない。

「何て卑怯《ひきょう》な人たちなの。たまやの団子は縁起がいいだなんて……」

たまやも、今生明神も、おくめたちに穢《けが》された思いだ。

それに、富士講の説明に同席したことで、すずも悪事に加担してしまったような気分になる。

「あの時、断ればよかった。何と言われても、絶対に手伝わなければよかったんだわ。よけいな親切心なんて出すべきじゃなかったのよ！」

「落ち着け」

宇之助の鋭い声が、すずの耳に飛び込んできた。

「親切が悪いというわけではないだろう。あれは相手が悪かったんだ。だが物事には、善悪だけで片づけられないことも多い。そこを間違えると、何度でも同じことをくり返すぞ」

すずは身をよじった。

「じゃあ、どうすればよかったんですか」

宇之助がじっと、すずを見つめる。

「年寄りに親切にするのは、誰がどう見たっていいことだろう。優しさは、おまえの美徳だ。しかし、この先もずっと、そこにつけ込まれるようではいかん」

宇之助の言葉はまるで矢のように、すずの耳の奥に突き刺さった。

優しさにつけ込まれる――それはやっぱり、つけ込むほうが悪いのではないか、という思いが頭の中を駆《か》け巡った。

「反省して、身の処し方を覚えろと言っているんだ」

すずは唇を引き結んだ。

なぜ自分が責められねばならぬのか、と悔しくなる。

「おまえが富士講で嘘を見抜いた時に、相手を問い詰め、騒ぎ立てなかったのは賢明だった。話を聞く限り、おくめという女は、おまえに嘘を見破られたと知って、とっさに仲間を嘘つき呼ばわりしたのだろう。もし、おまえがあの場で引き下がらなければ、力ずくで捕らえられていたかもしれん」

すずは顔をしかめた。

「あたしを？　どうして」

「おまえの力が役立つのではないかと思ったのだろうな」

すずの頭上に目を移して、宇之助はしばし黙り込んだ。

「龍の話によると、どうやらあの富士講は、おまえの力が本物かどうかを見極めるための場でもあったらしい」

龍は契約通り、ちゃんとすずを守っていたのだという。だが、龍の存在を知られれば、きっと大騒ぎになる。おくめたちは、龍が憑《つ》いているすずを何としてでも手中に収めようとするだろうから、自分は気配を消してなりゆきを見ていたのだ、と龍は宇之助に語ったそうだ。

すずは眉をひそめて宇之助を見た。

「おくめさんは、いったい何者なんですか」

宇之助がわずかに視線をそらす。

「一筋縄《ひとすじなわ》ではいかない相手だ」

宇之助は口元をゆがめた。

「とにかく冷静になれ」

まるで自分に言い聞かせるように、宇之助は続ける。

「どんなに相手が悪くても、反省は必要だ。自分の応対に一考の余地はなかったのか、常に振り返る必要がある。一枚も二枚も上手《うわて》の相手に、次はどう対峙《たいじ》するのか」

「そんなこと言われたって」

すずは宇之助をさえぎった。

「こっちが悪くなくても、逃げ回ったほうがいいって言うんですか」

宇之助はあっさりうなずいた。

「そういう場合もある」

「どうして！」

「おまえは善悪に縛られ過ぎだ」

すずは、むかつきを抑えることができなかった。

宇之助の言っていることがよくわからない。

すずだって、何でもかんでも白黒つけたいと言っているつもりはないのだ。それなのに、なぜ、こんなに責められなければならないのだろう。

「自分から関わるつもりがなくても、向こうから寄ってこられた場合はどうすればいいんですか。あたしは、おくめさんから逃げるべきだったんですか」

つい、とげとげしい言い方になってしまった。

宇之助は小さなため息をつく。

「今回であれば、一度目に団子を運んだのはいいだろう。強引に誘われ、説明を聞く羽目に陥ってしまったのも仕方ない。見込み違いの出来事が訪れた時、人は思うように動けないものだからな」

だが、と宇之助は目をすがめる。

「二度目に団子を運んだ時は、仕舞屋に上がり込まず、すぐ帰ってくるべきだった」

「その次からは、そうしました」

すずの言い分に、宇之助は首を横に振る。

「その判断は遅かった。おまえの甘さが出てしまったな」

宇之助の言い草に、かちんときた。

すずの心を読んだかのように、宇之助が目を細める。

「相手が悪いという事実があっても、そこに囚《とら》われて心を乱せば、また失敗するぞ。とにかく反省するんだ」

「わかりました！」

すずは叫んだ。

「頭を冷やして、反省してきます！」

呼び止める母の声を振り切って、すずはたまやを飛び出した。

すずは勢いよく歩き続けた。しかし行く当てなどない。近所をぐるぐる回るのも虚《むな》しくなったので、大川のほうへ足を向ける。

川沿いの道まで来て、少しだけ落ち着いた。

道端で風にそよぐ枝垂《しだ》れ柳《やなぎ》の枝が寒々《さむざむ》しく見える。

だが、いったん火のついたすずの怒りは熱いまま、なかなか消えなかった。

一人ぽつんと川を眺めているのも侘《わび》しい気がして、とりあえず吾妻橋《あづまばし》のほうへ向かう。

「何よ、宇之助さんのあの言い方」

通りを行き交う人々に聞こえぬよう、すずは独り言《ひとご》つ。

「だいたい、龍が憑いているのに、どうしてこんな目に遭《あ》わなきゃならないのよ。龍はちゃんと、あたしを守ってくれているのよね？　宇之助さんの契約の仕方が悪かったんじゃないの」

完全に八つ当たりだとわかっていながら、すずは呟《つぶや》き続けた。

川沿いの道をぐんぐん進み、吾妻橋を右手に見ながら通り過ぎていく。そのまま、まっすぐに進んで、今戸橋の前まで来た。

すずは立ち止まる。

これ以上、いったいどこへ行こうというのか。遠くまで行くつもりもないのに。

橋の下を、山谷堀《さんやぼり》に向かって猪牙舟《ちょきぶね》が進んでいく。吉原へ通う男たちが乗っていることで有名だ。

すずは踵《きびす》を返した。遊郭《ゆうかく》へ向かう舟など見たくはない。

来た道を戻る。

うつむきながら歩いて、ため息をついた、その時――。

「おっと、ごめんなさいよ」

前から歩いてきた若い女とぶつかった。すずは顔を上げる。

「あたしのほうこそ、すみません。ぼうっとしていて……」

女と目が合った。

じっと見つめられて、すずは首をかしげる。どこかで会ったことがあるような、ないような——たまやに客として来たことがあっただろうか。

女が背筋を伸ばして、にっこり笑う。

「それじゃ」

「あ、はい」

会釈《えしやく》をして別れた。

すずは振り返り、どんどん小さくなっていく女の後ろ姿を見つめた。

「あの人、やっぱり、どこかで」

〈会っておるな〉

不意に、重々しい声が響き渡った。

すずは耳を澄ますが、何も聞こえない。周囲を見回しても、すずに話しかけた様子の者はいなかった。通りを歩いている者たちは、みな足早に去っていく。

「空耳《そらみみ》……？」

だが、すずが再び歩き出そうとした、その時——。

〈あの女は、富士講で会った人間だろう〉

はっきりと、言葉が聞こえた。

すずは頭上を仰いで、ごくりと唾《つば》を飲む。

目に映ったのは、一匹の巨大な龍だ。

風に踊るようにくねらせている身は、美しい蒼《あお》——空の青さでもなく、海の青さでもなく、森林の中の深い湖を思わせる色だった。木々の緑と、空の青さを、湖面で溶け合わせたような色合いに、すずは惹《ひ》きつけられる。

目を離せぬまま、呆然と立ちつくした。

これが自分に憑いている龍か。宇之助は「青龍《せいりゅう》」と言っていたが、これはむしろ——。

「蒼龍《そうりゅう》」

金色に輝く大きなふたつの目が、ぎょろりとすずを見下ろした。

〈今、我を蒼《そう》と呼んだか。人の子が、なぜ我の名を知っておるのだ。我にその名が与えられたのは、千年以上前のことだぞ〉

すずは小さく頭を振った。

「知りませんでした」

〈では感じたのだな〉

龍はグルルッと獣のような唸り声を上げた。

〈さすが、我が目をつけた魂の持ち主だ〉

蒼龍は尊大《そんだい》に胸を張った。蒼い鱗《うろこ》が日輪《にちりん》の光にきらめく。その輝きに、すずはしばし見《み》惚《と》れた。

〈よかろう。おまえには、我を蒼と呼ぶことを許してやる〉

龍が前足をすずの後方に伸ばした。五本の指についている鋭い爪《つめ》が、大きな刀のように見える。

〈先ほどの女は、おくめだ〉

「えっ」

すずは再び振り返った。女の姿はもうどこにも見えない。

「でも、おくめさんはお年寄りで、さっきの女の人は若かったわ」

蒼が、ふんと鼻息を荒くする。蒼の鼻先にあった小さな雲が吹き飛んでいった。

〈今のが、あやつの真の姿だ。変装をした上で、目くらましの術をかけておったのだ〉

富士講に集まった人々は幻術《げんじゅつ》で操られ、別の姿を見せられていたのだという。

すずは蒼を見上げた
「あなたなら、おくめさんを捕まえられたんじゃないですか」

蒼は長い髭《ひげ》をうねらせながら首をかしげる。

〈捕らえてどうするのだ〉

「どうって……」

今度は、すずが首をかしげた。

「悪者だもの、野放しにしておいたら大変でしょう。番屋へ突き出すとか――」

蒼はグハァと唸った。

〈人の世の理《ことわり》など、我は知らぬ。ああいう輩には、近寄らぬのが一番なのだ。人間の中には、霊獣《れいじゅう》さえ術で縛って使役《しえき》しようとする者もいるからな〉

すずのまぶたの裏に、龍を祓おうとして血を流していた宇之助の姿が浮かんだ。

宇之助は龍を使役しようなどとは考えていなかったが、術者の中には龍を捕らえて操ろうとする者もいるのか。

そうだ、何らかの術がおよぶからこそ、宇之助も龍と契約できたのだろう、とすずは改めて思った。

蒼の大きな顔が、すずの前にぐっと迫ってきた。

〈あやつが人間の女ではなく、刃物を振り回したやくざ者であったり、強大な力を持つ妖怪であったならどうする?〉

蒼が目を細めた。まるで、我に生気を吸われていた時のことを思い出せ、とでも言っているかのように。

〈人間はよく「逃げるが勝ち」と言うであろう〉

すずはうなずいた。

〈宇之助が申しておったのは、そういうことだ〉

すずは宇之助の言葉を思い返した。

――物事には、善悪だけで片づけられないことも多い――。

〈反省とは、自分を責めることではないのだぞ〉

「え……」

〈おまえも、もっとよく考えろ〉

蒼が、にたりと笑った。

〈今、我が求めている物は何だ?〉

すずは目を伏せた。

「あたしと宇之助さんが仲直りすることですか」

蒼がグォと吠《ほ》える。

〈馬鹿者! 甘酒に決まっているではないかっ〉

蒼は激しく身をくねらせた。

〈我に甘酒を捧《ささ》げよ。こうして姿を見せ、話ができるようにしてやったのだから、我が所《しょ》望《もう》した際にはすぐ甘酒を捧げるのだ!〉

蒼は体を大きく上下させながら、福川町のほうへ顔を向ける。

〈早く甘酒が飲みたい。急いで帰るぞ〉

蒼の姿が、目の前からぱっと消えた。

と同時に、すずの体が勝手に動き出す。ものすごい速さで、すずは走り出した。

「待って、止まって！」

だが足は止まらない。手足に見えない糸をくりつけられ、蒼に引っ張られているかのように、走り続ける。

思わず悲鳴を上げると、道行く人々がすずを凝視した。

「なあに、あの子。突然叫び出して」

「走りながら、何かぶつぶつ言ってたぜ」

町の者たちの怪訝そうな声は、あっという間に遠ざかっていく。

「ああ、もうっ」

見えない糸を振り払うように、すずは両腕を大きく振った。

「蒼、あんまり勝手なことをすると甘酒をあげないからね！」

叫ぶと、すずを引っ張る力がゆるんだ。

すずは苦笑しながら、今度は自分の意思で走り続ける。


たまやの敷居をまたいだとたん、占い処にいた宇之助と目が合った。静かに見据《みす》えられ、一瞬気まずくなるが、すずは宇之助に歩み寄った。

「あの、さっきは……」

〈甘酒だ、甘酒〉

すずの後ろから、小さな姿となった蒼が姿を現した。すーっと調理場へ向かって飛んでいく。甘酒が入っている大鍋の上を飛び回った。

調理場にいるきよには蒼の姿が見えず、声も聞こえないようだ。

〈おい、早く甘酒を餌場《えさば》へ運べ〉

蒼とすずを交互に見やり、宇之助は微笑んだ。

「ずいぶんと親しくなったようだな」

「はい」

宇之助に微笑み返して、すずは調理場へ向かった。

蒼に急かされながら、湯呑《ゆのみ》茶碗に甘酒をたっぷりと汲《く》む。

第三話　異国の皿

正月気分もすっかり抜けた、睦月《むつき》（一月）の下旬――最福神社を詣《もう》でた人々に交じって、通りすがりの出職人《でしょくにん》たちもまた数多く、たまやを訪れるようになった。

「早えよなあ。ついこの間、年が明けたと思ったのによぉ」

印半纏《しるしばんてん》をまとった男が蕎麦《そば》をすすりながら、しみじみとした声を上げた。

連れの男が大きくうなずく。

「今月は、たまやの七草蕎麦を食ったおかげか、体の調子がすこぶるよかったんですがねえ。次の普請場《ふしんば》は、こっからちょいと遠いから、足繁《しげ》く通えなくなるかもしれねえと思うと、寂しくなるや。ねえ、兄ぃ」

同じ印半纏をまとい、足元に道具箱を置いている。大工の兄弟子と弟弟子の間柄らしい。

季節の蕎麦を楽しみにしてくれている客は多いが、守屋の吉三が考案した睦月の蕎麦は、七草蕎麦である。さっと湯がいた七草を載せた、温かい蕎麦だ。

芹《せり》、なずな、ごぎょう、はこべら、仏の座、すずな、すずしろ——春の七草といえば、五節句のひとつである正月七日の人日《じんじつ》に食べる七草粥《がゆ》が有名だが、これを吉三は蕎麦の具に取り入れた。睦月の間は、新春の若菜の生命力を蕎麦とともにいただいて、今年も元気に過ごそう、という願いが込められている。

また、正月に節料理をたらふく食べた胃ノ腑《ふ》を七草で休ませ、体を整えよう、という意味を持たせている。

「普請場が遠くなったって、おれはまた、たまやに来るぜ。来月はどんな蕎麦が出るか楽しみだからな」

兄弟子の力強い声が店内に響いた。

弟弟子が首をかしげる。

「だけど兄ぃ、次の普請場からたまやへ駆けつけた時には、季節の蕎麦が売り切れになっちまっているんじゃありませんか」

「だったら、雨で仕事が休みになった日に来りゃいいだろう。雨音を聞きながらのんびり起きて、たまやで蕎麦をたぐるってえのも、乙《おつ》なもんじゃねえか」

「なるほど。そん時は、おれも一緒に来ますぜ」

すずは嬉《うれ》しくなって、にっこり微笑《ほほえ》んだ。調理場のほうを見れば、きよの耳にもしっかり届いていたらしく、嬉しそうに顔をほころばせている。

二人は蕎麦を食べ終えると、道具箱を担いで威勢よく帰っていった。

入れ替わるようにして、新たな客が戸口に立つ。上等そうな羽織をまとった、商家の主《あるじ》といった風情だ。まっすぐに店の奥を見ている。

占い処にいた宇之助が身を乗り出した。

「何か、お困りで？」

男はうなずくと、足早に宇之助のもとへ向かった。

「あなたが、がらん堂さんですか」

「ええ。占いをするんなら、たまやの品も何かひとつは頼まなきゃならねえっていう決まりなんですが、いいですかい」

男は「はい」と答えながら、探るような目で宇之助の顔を覗《のぞ》き込んだ。

「あの、がらん堂というのは、一条宇之助さんの二つ名でお間違いないでしょうか」

宇之助は眉《まゆ》をひそめて、じっと男を見やる。

「わたしは神田で古道具屋を営《いとな》んでおります、小野屋伝兵衛《おのやでんべえ》と申します」

伝兵衛は硬い表情で、丁寧に頭を下げた。

「よく当たる占い師だという、一条宇之助さんの噂《うわさ》を人伝《ひとづ》てに聞きました。高値だが、祈《き》禱《とう》や退魔《たいま》もこなすので、どんな悩みでも解決できる、と」

　商売仲間が話していたのだという。

　――儲《もう》かると、妬《ねた》みそねみを買うだろう。生霊《いきりょう》に取り憑《つ》かれた商人が、一条宇之助に霊を祓《はら》ってもらって、命拾いしたそうだよ。何でも、あの三島屋徹造《みしまやてつぞう》も心酔しているって話だ――。

　三島屋徹造は、大伝馬町《おおでんまちょう》一丁目にある木綿《もめん》問屋、三島屋の隠居だ。古くからの贔屓《ひいき》客らしいということは、すずも知っている。

「あんな大店《おおだな》のご隠居が頼りにしている方なら、本物かと思いまして」

　だが、紹介人がいなければ宇之助の力を借りることはできない、とも伝兵衛は耳にしていた。宇之助のもとを訪ねて直接懇願《こんがん》しようと思っても、占い処の場所がわからない。

「思いあまって、面識のない三島屋さんを訪ねました」

　店先で番頭《ばんとう》を捕まえ、事情を説明していると、その日たまたま居合わせた徹造が歩み寄ってきたのだという。

　――最福神社門前の、たまやという茶屋へ行ってごらんなさい――。

　宇之助は茶屋で「がらん堂」を名乗り、庶民相手の安い占いも始めた、と徹造は告げた。ただし、たまやでは花札を使った普通の占いしかやらぬようだ。依頼を受けてくれるかどうかは、本人に聞いてみなければわからない、と。

「藁《わら》にもすがる思いで、ここまで来ました。どうか話を聞いていただけませんでしょうか」

宇之助は目をすがめた。

「ということは、人知を超えるような出来事が何か起こっているのですか」

素の口調で、宇之助は聞いた。

伝兵衛が顔をゆがめてうなずく。

「そうとしか思えないのです。早く何とかしないと、頼りにしている奉公人が辞めてしまう」

それはずいぶん深刻な話だ、とすずは思った。

宇之助は瞑目《めいもく》する。

「徹造さんの紹介であれば、無下《むげ》にはできない。聞くだけは聞こう」

「ありがとうございます」

伝兵衛はわずかに表情をゆるめた。茶を注文すると、宇之助に促されるまま占い処の客席に腰を下ろす。

すずは茶を運ぶと、文机《ふづくえ》代わりにしている長床几《ながしょうぎ》の上に置いて、さりげなく調理場の入口付近に控えた。占い処の様子が目に入ると同時に、新たに入ってくる茶屋の客に目を配ることもできる場所である。

伝兵衛は占いを受けるのが初めてなのか、身じろぎこそしないものの、少し落ち着かない様子で視線を小さくさまよわせていた。

茶を飲んで、ほっとひと息ついてから切り出す。

「実は、半年前に妻が亡くなりまして……」

伝兵衛の言葉に、宇之助の顔が一瞬ぴくりと強張《こわば》った。

宇之助も、妻を亡くした身である。何か思うところがあったのかもしれない。

「まだ幼い娘がおりますので、いつまでも落ち込んでばかりいては駄目だ、しっかりせねばならんと思うのですが、なかなか気力が出せずに困り果てております。この先どうやって生きていったらよいものかと……」

宇之助は静かに伝兵衛を見つめている。

伝兵衛はため息をついてうつむいた。

「これまでと同じように働こうと思っても、頭も体も上手く動かないのです。日々の暮らしも億劫《おっくう》になって、風呂に入ることさえ面倒くさくなってしまいます」

すずは宇之助に初めて会った日のことを思い出した。

枝垂《しだ》れ柳の根元に座り込んでいた宇之助も、妻を亡くしたあと、風呂に入る気力が湧かなかったようだ。すずと出会った日は「久しぶりに風呂に入って、さっぱりした」と言っていた。仕事が手につかなくなり、荒れた暮らしを送っていたというから、今の伝兵衛と似たような状況だったのだろうか。

「風呂に入れない状態は続いているのですか」

宇之助の問いに、伝兵衛は首を横に振った。

「何とか入ってはおります。客商売なので、身だしなみだけはきちんと整えておかねばならぬと思いまして」

伝兵衛は膝の上で両手を握り合わせた。

「湯船に沈むと、身も心も気持ちよくなって、ああ入ってよかったとつくづく思うのです。温かい湯につかっていると、いつも妻の笑顔が浮かんできて……」

宇之助は目を細める。

「風呂に入るたびに、ご内儀《ないぎ》の笑顔が思い浮かぶんですね?」

「はい」

伝兵衛は顔を上げた。

「ですが、寝て起きると、またすぐにいろいろなことが億劫になってしまうのです。気力を奮い立たせ、目の前の仕事をこなすのが精一杯で」

宇之助はうなずいて、話の先を促す。

「娘もすっかり、ふさぎ込んでしまいました。今年から手習《てならい》指南所《しなんじょ》へ通わせようと思っておりましたが、このままでは無理でしょう」

通い始める年齢や時期に明確な決まりはない。早ければ五歳、遅くても十歳までに入るのが普通だが、六歳から通い始める子供たちがほとんどだ。また、縁起のよい初午《はつうま》の日（二月最初の午の日）を通い始めとする場合が多かった。

「まあ、来年から通い始めても、まったく遅くはないのですが」

宇之助は小首をかしげて、伝兵衛の顔をじっと見つめる。

「娘さんの年は六つか七つ——六つかな」

「おっしゃる通り、六つです」

宇之助はきっと、六と七の間で揺れ動く伝兵衛の表情を読んだのだろう、とすずは思った。

それにしても、六つか……すずはため息を嚙《か》み殺す。

すずの父が行方知れずとなったのは、自分がまだ八つの時——それよりも幼い娘が母親を亡くしたのだから、ふさぎ込んでしまうのも無理はないと思う。

「妻が死んでから、娘は笑わなくなってしまいました。口数も、めっきり少なくなり……わけもなく泣き出したりもいたします」

宇之助の目つきが鋭くなった。

「娘さんが泣くのは、ひょっとして毎日決まって夕方では」

伝兵衛は驚いたように目を見開いて、うなずいた。

「わたしは朝から晩まで店に出ておりますので、世話を任せている女中から聞いた話なのですが、泣き出すのは、いつも同じ刻限だそうです」

心配になった伝兵衛は、朝餉《あさげ》を取る時など、一緒にいられる間は娘の様子をよく見るよう努めた。そして、娘の目つきがひどく悪くなっていることに気づいたという。

「もしや目が悪くなったのかと思い、医者に診《み》せました」

「だが、原因はわからなかったでしょう」

「はい。体のどこにも問題はないと言われました」

しかし娘の目つきはどんどん悪くなっていく。険しい顔で目を細め、じっと壁の一点を見つめたりするようにもなったという。

伝兵衛は両手で顔を覆った。

「妻が死んでから、娘はすっかり変わってしまった。母親を突然亡くして、ひどく傷ついているのでしょうが……」

妻を亡くした自分の痛みも、残された娘も、どう扱ったらよいのかわからないというように、伝兵衛は両手で顔を覆ったまま頭を振った。

「ご内儀が亡くなる前は、もっと活発な子供だったんですね」

「ええ。近所の子供たちと一緒に、毬《まり》つきや、かくれんぼをしたりして遊んでおりました。それが今では、家の中にこもりっきりで。女中が絵草紙《えぞうし》を読み聞かせてくれておりますが」

　伝兵衛は顔を上げて、すがるような眼差《まなざ》しを宇之助に向けた。

「それもまた、おかしいのでございます」

　娘は毎日「皿屋敷」を読んでくれと女中にせがんでいるのだという。

　宇之助は眉根《まゆね》を寄せた。

「皿屋敷……」

　下女が奉公先の秘蔵の皿を誤って割ったため、責められて死に、その亡霊が皿の枚数を悲しげに数えるという物語である。

「女中は、もっと子供が好みそうな絵草紙を用意していたのです。ですが娘は『桃太郎』や『猿蟹合戦《さるかにかっせん》』にはまったく興味を示さず、女中が貸本屋から借りた『皿屋敷』をたまたま目にしてから、それればかりに執着するようになって」

　女中は気味悪がっているという。

　——お嬢さんはどうして、あんな話に夢中になるんでしょうか。そりゃ、最初に怪談物を借りたのはわたしですが、毎日続けて「皿屋敷」ばかり読まされると、気が滅入ってしまいます——。

　女中の話は他の奉公人たちにも広まってしまったようだ。みな、どこか怯《おび》えたような表情をするようになった。

「女中は『辞めたい』と言い出しましてね」

——亡くなった女将《おかみ》さんには本当によくしてもらいましたし、旦那《だんな》さんへのご恩も返したいと思っております。その一心で、お嬢さんのお世話を続けてきましたが、これ以上お嬢さんのお相手をするのはつらいです——。

申し訳なさそうに頭を下げる女中に、伝兵衛は言い返すことができなかった。

家にこもり、壁の一点を見つめて、夕方になると泣き出し、怪談物にのめり込む娘……。これが、もしよその子供の話であれば、伝兵衛も「おかしい」と思うだろう。

「先日は、娘の部屋から話し声が聞こえてきたというのです」

心配を募らせた伝兵衛は、仕事の合間を縫って、できるだけ娘の部屋へ足を運ぶようにした。

「わたしには話し声など聞こえませんでした。ですが」

伝兵衛は自信なげに首をかしげる。

「気にし過ぎかもしれないのですが、娘の部屋で家鳴りを聞くことが多くなりまして」

寒暖差などにより、家の壁や床がきしんで音が出る現象である。

「それから、妙なにおいも……」

煙草《たばこ》のようなにおいが家の中を薄く漂う時があるのだという。だが、伝兵衛は煙草を吸わない。深く嗅《か》いで、においのもとを確かめようとするのだが、正体を見極められぬうちに、いつも消えてしまうのだという。

伝兵衛は長床几の上に手をついて、身を乗り出した。

「我が家で、いったい何が起こっているのでしょうか。もし、妻が成仏《じょうぶつ》できずにいるのだとしたら――そう考えると、夜も眠れなくなって、四六時中頭が痛くて」

宇之助は伝兵衛の目を見つめ返す。

「ご内儀が亡くなった時の様子を話してくれ」

伝兵衛は涙ぐんで、床几に座り直した。

「妻は大八車《だいはちぐるま》に轢《ひ》かれました。知らせを聞いて、わたしが駆けつけた時には、もう……」

最後の言葉を交わすこともできなかったという。

「あの日、妻を外出させるのではなかった。得意先への届け物を頼んだのですが、やっぱり手代《てだい》を行かせればよかったんです」

手代の大吉《だいきち》に任せようとした仕事を、妻のおたづが自分から引き受けてくれたのだという。

――大吉には、別の用事を頼んでいたんじゃありませんか。すぐそこだし、重い物じゃないから、わたしが行ってきますよ――。

「帰りに何かおやつでも買ってきますね、と笑いながら出かけていったおたづが、まさか死人となって戻ってくるだなんて……」

伝兵衛は懐《ふところ》から手拭《てぬぐ》いを取り出して、目元に当てた。

「小野屋は、わたしが一代で築き上げた店なのですが、最初は妻と二人で細々とやっておりました。柳原《やなぎはら》土手に筵《むしろ》を敷いただけの、とても粗末な店でございましたが」

――どんな場所でも、誠実な商売をしよう。できる限り、よい品を売ろう――。

「そう二人で決めて、懸命に働いたのです」

やがて贔屓客がついた。足繁く品を見にくる者の中には、身なりのよさそうな客が多くなってきた。

「そんなある日、近所の地主の方に声をかけていただいたのです」

――おまえさんたちの頑張りを、ずっと見ていたよ。どうだい、うちの貸店《かしだな》で商売をやってみないかい――。

伝兵衛とおたづは一も二もなく話に乗った。必死で働き続けているうちに上客が増え、奉公人を雇うようになり、店はどんどん大きくなった。

「おたづには、ずいぶん苦労をかけました。暮らしに余裕が出てきた今は、少しでものんびりさせてやりたいと思い、もう店には出なくていいから好きなことをおやりと言ってあったのですが」

店にいるのが楽しいのだと笑って、おたづは仕事を続けていた。

「女将として威張るわけでもなく、しっかり番頭を立てて、自分は一介の奉公人のような顔をしておりました。だから、みんなに慕《した》われて」

伝兵衛は顔をゆがめると、救いを求めるように宇之助を見た。

「事故で突然死んでしまったから、この世に未練があるのではないでしょうか。口ではどんなに『仕事が好きだ』と言っていても、本当は、働き詰めだった昔を悔やんでいたのではないでしょうか。年を取ってから産んだ一人娘が心配で、心配で、家の中をさまよっているのではありませんか」

宇之助は静かに伝兵衛を見つめ返した。

「話を聞く限り、確かに、霊障《れいしょう》の恐れがありそうだ」

霊障とは文字通り、悪霊などがもたらす障害のことである、と宇之助は説明した。

「だが、おたづさんが悪霊になっているとは考えづらい。まずは札を引いて、状況を確かめてみよう」

「もし、本当に家の中に霊がいたら……」

恐る恐る問うた伝兵衛に、宇之助は淡々と答えた。

「処置が必要であれば、そちらの報酬も別にもらう。どんな処置になるかによって、値段はその都度変わってくるがな。悪霊祓《ばら》いであれば、かなりの額になるぞ。こっちも命懸けだからな」

もし失敗すれば、宇之助も大きな痛手を受ける。しばらくの間は、術者として動けなくなるかもしれないのだ。復帰するまで、食い扶持《ぶち》は稼げなくなる。それでも復帰できればまだいいが、一生寝たきりの暮らしになるかもしれない。下手をすれば、悪霊との戦いの最中に命を落とすことだってある。

宇之助の説明に、伝兵衛はごくりと唾《つば》を飲んだ。

「そんなに危険なのですか」

宇之助はうなずいた。

「悪霊の力の強さにもよるが、危険は常につきまとう。だが、おれに任せておけば大丈夫だ」

宇之助はまっすぐに伝兵衛を見つめた。

「おたづさんの成仏については、自分たち次第だぞ。伝兵衛さんと娘さんがしっかり生きていかなければ、おたづさんの心残りはいつまでも続くからな」

伝兵衛は覚悟を決めたような表情で顎《あご》を引く。

「わかりました」

宇之助は懐から小箱を取り出すと、中に入っていた花札を手際よく切った。まるで娘を治す薬が宇之助の手元から出てくるとでも思っているかのように、伝兵衛は札をじっと見つめる。

札の絵柄を伏せたまま、宇之助は右手でざっと川を描くように長床几の上に広げた。左手の人差し指をぴんと立てて額《ひたい》の前にかざすと、しばし瞑目する。そして静かに目を開けると、左手で一枚を選び取った。

表に返された札が、伝兵衛の前に置かれる。

「柳のかす――」

宇之助は札の絵を凝視した。ふーっと唸《うな》るような長い息が、宇之助の口から出る。

「これは……やはり、おたづさんの霊障ではないな」

強張っていた伝兵衛の顔から、わずかに力が抜けた。

「ほ、本当ですか」

宇之助は厳しい表情で札を見つめ続ける。

「しかし、おたづさんがこの世に強い未練を残しているのは確かだ。あなたと娘さんを、とても案じている」

宇之助は札に描かれた柳の枝を指差した。

「この葉陰から、おたづさんがじっとこちらを見ているのが視《み》える」

伝兵衛は息を呑《の》んだ。

「おたづ……」

亡き妻の姿を札の中に捜《さが》すが、どこにも見当たらないと言いたげに、伝兵衛は小さく頭を振った。

「おたづさんは『日々の暮らしを大事にして欲しい』と訴えている。風呂に入り、心身を温めて、しっかり休んで欲しいそうだ。風呂に入る刻限になると、伝兵衛さんのそばへ行って、風呂場まで連れていっていると言っている」

伝兵衛の目から涙が溢《あふ》れた。

「では、億劫だった体を何とか動かして、店に出られる日々を送れているのは……」

「おたづさんが助けているんだ。自分の死から、早く立ち直って欲しいという一心でな。あまり思い詰めるな、と言っている」

伝兵衛は手拭いで顔を拭った。肩を震わせて、妻の名をくり返し呼ぶ。

「それから、おたづさんは『おみよと一緒に七草粥を作ってくれ』と伝兵衛さんに訴えているようなんだが」

伝兵衛は、はっとしたように顔を上げた。

「どうやら心当たりがあるようだな」

伝兵衛は手拭いを握りしめて大きくうなずく。

「去年の正月に、おたづが娘のおみよと約束していたのです。来年は一緒に作ろう、と」

奉公人たちの数が増え、台所女中を雇うようになってからも、おたづは女中と一緒に食事を作り続けていた。母親の真似《まね》をして包丁を握りたがる娘の姿を、伝兵衛と女中たちは微笑ましく眺めていたという。

「毎年、七草粥は朝に食べているのですが、去年おたづが作ってくれた時、おみよはまだ寝ておりまして」

――どうして起こしてくれなかったの。わたしも、おっかさんと一緒に作りたかったのに――。

泣きべそをかいた娘を、おたづは優しく抱きしめた。

――それじゃ、来年の七草粥は必ず一緒に作りましょう。だから、おみよは、ちゃんと早起きができるようにしておかなくちゃねえ――。

「おたづと約束してから、おみよは寝坊しなくなりました」

伝兵衛は嗚咽《おえつ》をこらえるように口に手拭いを当てた。

「今年の七草粥は女中が作ってくれましたが、おたづとおみよの約束など、すっかり忘れておりました」

伝兵衛は言葉を詰まらせる。

「あまり自分を責めないほうがいい。おたづさんが悲しむばかりだ」

宇之助の言葉に、伝兵衛はうなずいた。

「ですが、わたしはいったい、どうしたらよいのでしょう」

宇之助は札に目を戻した。

「これ以上のことを札から読み取るのは難しいな」

宇之助は札を見つめたまま、顎に手を当てる。

「実際に家を見て、娘さんに会えば、もしかしたら……」

「では、うちに来てください」

伝兵衛は宇之助に向かって手を合わせた。

「たとえどんなに高値になっても、お代はちゃんとお支払いいたします」

伝兵衛は長床几に額をすりつけて懇願《こんがん》した。その後ろ頭を、宇之助はじっと見下ろす。

「前払いだ」

「わかりました」

即答した伝兵衛に、宇之助はうなずいた。

「では、店を一日休みにできるか。何らかの口実をつけて、奉公人たちを外に出して欲しい」

もし強い悪霊がいた場合、邪気などを感じやすい者は、何らかの害を受ける恐れがあるのだという。

「娘さんの世話をしている女中と、手代の大吉さんだけは残しておいてくれ。その二人には、何が起こっているのか一緒に見ておいてもらったほうがいいだろう。都合がついたら、たまやに報《しら》せてくれ」

「明日はいかがですか」

伝兵衛が宇之助の顔を覗き込んだ。

「一日も早く視《み》ていただきたいのです。店のほうは何とでもいたしますので」

「おれは構わないが——では、明日の鑑定代をあとで届けてくれるか」

伝兵衛は懐から財布を取り出した。

「多少の手持ちがありますので、もし払える額でしたら、今ここで」

宇之助はうなずく。

「処置については、視《み》てみないと額が決められないので、後日改めて行うことになるかもしれんが」

「その場でお支払いできるようでしたら、すぐに処置していただけますか」

「ああ」

宇之助は立ち上がると、調理場へ顔を向けた。

「きよさん、すずも連れていってていいか。すずの霊力の様子も確かめておきたい」

宇之助に声をかけられ、きよが調理場から出てきた。

「ああ、いいよ。店のほうは心配いらないからね」

きよは手にしていた笊《ざる》を長床几の上に置くと、気遣わしげな目を伝兵衛に向けた。

「よかったら、お持ちになってください」

笊の上には、季節の蕎麦の具に使う七草が載せられている。

伝兵衛は七草を見つめて目を細めると、丁寧に礼を述べ、宇之助に提示された額を払って帰っていった。

翌日、すずは宇之助に連れられて小野屋へ向かった。

宇之助はまず、閉められた店の前に立って建物をぐるりと見回す。今日の宇之助は、がらん堂の出で立ちではなく、褐色《かちいろ》の着流しをまとっている。

「ふうん……なるほどな」

剣呑《けんのん》な目つきで、宇之助は勝手口へ回った。すずもついていく。

勝手口では伝兵衛が待ち構えていた。その後ろに控えているのは、手代の大吉か。宇之助が何者なのか聞いているようで、非常に不安そうな顔をしている。

伝兵衛が頭を下げた。

「本日は、よろしくお願いいたします」

「まず店の中を見せてくれ」

挨拶の手間はいらぬと言いたげに、宇之助は勝手口の敷居をまたいだ。ずかずかと踏み入っていく。

「こちらでございます」

伝兵衛が慌てて案内した。

長い廊下を進み、店の中に立った宇之助は、ところ狭しと並べられている品物に素早く目を走らせた。

「古道具といっても、状態がよい物ばかりだな。物には念がこもりやすいが、この中に霊障の原因はないようだ」

伝兵衛の顔に安堵《あんど》の色が浮かぶ。

「当店は、身元の確かなお客さまとしか、おつき合いをしておりません。できる限り出所の明確な品を扱うようにしております。あとになってからおかしな因縁をつけられ、やっぱり返せと迫られても困りますので」

相続などで揉《も》めた際、他の親族の同意がないまま、勝手に持ち出した品を売ろうとする者もいるのだという。

「賢明だな」

すずは先日の富士講騒動を思い出した。あの時は、家族に黙って持ち出された家宝が無事に戻り、親子の仲も壊れずに済んだが。ひとつの物がきっかけで絶縁し、人生が狂ってしまう者たちも少なからずいるのだろう。

宇之助は、伝兵衛の後ろに立っている大吉に目を移した。

大吉の顔に怯えが浮かぶ。

「あの、わたしに何か……やっぱり、女将さんが怒っているんでしょうか。わたしが届け物をしていれば、女将さんが亡くなることもなかったと……」

宇之助は微笑とも苦笑ともつかぬ笑みを浮かべると、大吉の肩を軽く叩《たた》いた。

「女将さんが、そんな人だと思うのか？」

大吉は唇を噛んでうつむいた。

宇之助は伝兵衛に向き直る。

「家のほうを見せてもらいたい」

「こちらへどうぞ」

住居のほうへ進むと、今度は女中が待ち構えていた。やはり、ひどく不安そうな表情をしている。心なしか、顔色も悪い。

「おみよは」

「ご自分のお部屋にいらっしゃいます」

足早に歩いていく伝兵衛のあとを、みなで追った。

「おみよ、おとっつぁんだ。ちょっと入るよ」

声をかけながら伝兵衛が襖《ふすま》を開けると、中にいた幼い娘がこちらへ顔を向けた。訝《いぶか》しむような目で、宇之助とすずを交互に見やる。その目には、生気《せいき》があまり感じられなかった。

痛ましい気持ちで、すずは笑いかける。

「こんにちは、おみよちゃん」

だが返事はない。すずの声など耳に入っていない様子だ。

戸口にたたずむ伝兵衛を押しのけるようにして、宇之助が部屋に踏み入った。

おみよが怯えたような顔で宇之助を見上げる。

宇之助はしばし、おみよを凝視した。

伝兵衛がおろおろと、おみよの横に座る。

「あの……何かわかりましたでしょうか」

宇之助は、ついっと顔をそらして、部屋の奥へ目を向けた。

「あれは？」

窓辺に置いてある文机の上に、一枚の絵皿が飾られている。白地に藍《あい》色の線で描かれているのは、異国の衣装をまとった女だ。

「わたしが商売仲間からもらった物です。いつの時代の品か、はっきりとはわからないのですが、おそらく百年ほど前に作られた物ではないかという話でした。名工の作ではございませんが、優しげな笑みがどことなくおたづに似ているということで、相談事に乗ってやった礼に贈ってくれたのです」

すずは皿に描かれた女を見つめた。とても美しい女だ。

「似ていると言われて気をよくしたのか、おたづは『何となく気になる』と言って、夫婦の寝室に飾っておりました」

伝兵衛は愛おしむように目を細めて、皿からおみよに視線を移した。

「おたづが亡くなったあと、いつの間にか、おみよがここへ持ってきておりましてね。どうやら母親の面影を、皿の女に求めたようです」

宇之助は目をすがめた。

「唐の物だな」

宇之助は険しい表情で、しばし皿を凝視する。

伝兵衛があせったように、皿と宇之助の顔を見比べた。

「あの皿が、何か……」

宇之助はまっすぐ皿のもとへ向かうと、窓の障子《しょうじ》を大きく開けた。

「見てみろ」

伝兵衛が窓の外へ顔を出す。「あっ」と短く叫んで、絶句した。

宇之助に促《うなが》され、すずも窓辺に寄った。外を見て、顔をしかめる。

板塀の前の植栽《しょくさい》が、娘の部屋の前だけ茶色く枯れていた。左右の部屋の前は、青々とした葉が茂っている。

「いつの間に、こんな。どうして、ここだけ」

伝兵衛が悲愴《ひそう》な声を上げた。

「やはり、おたづが成仏できずにいるのですか。おみよを案じて、この世に強い未練を

——いや、突然死んでしまった悲しみや悔しさを訴えているのでしょうか。死ぬ時の苦しみを、あの世まで引きずって——」

大吉が「ううっ」とうめく。すずが振り返ると、襖の前で頭を抱えてしゃがみ込んでいた。

「申し訳ございません。やっぱり女将さんは、わたしの身代わりになってしまったんですよね」

宇之助が手を大きく振って、すずと伝兵衛を下がらせた。小野屋一同は襖の前に並んで座っているよう指示を出す。

「静かにしていろ。霊との対話の邪魔になる」

伝兵衛は押し黙り、ぐっと膝の上で拳を握り固めた。その横で、おみよはじっと皿を見つめている。伝兵衛の反対隣でおみよの手を握っている女中は、恐ろしいものなど見たくないと言わんばかりにうつむいていた。女中の隣に座った大吉は両手で口を覆い、懸命に嗚咽をこらえようとしている。

小野屋一同と宇之助の間の壁際に、すずは腰を下ろした。

宇之助は小野屋一同を背にかばうように立つと、真正面から皿に向かい合う。

「この皿には強い怨念《おんねん》が宿っている」

皿をじっと睨《にら》み、長い唸り声を上げた。

「殺された怒り……恨み……『末代まで祟《たた》ってやる』という声が聞こえる。一人ではない。大勢の声だ」

すずは皿を見つめた。白地の皿の真ん中に、血の赤が浮かび上がってきたように見えて、目をしばたたかせる。赤の幻はすぐに消えた。

だが、安堵する間もなく、黒いもやが皿から立ち上ってくる。

すずは身を強張らせた。

「戦《いくさ》があった村で、大勢の者たちがむごたらしく殺された。男も女も、子供も年寄りも——皆殺しだ」

宇之助の声が部屋の中に響いた。

おみよが泣き出す。

すずの耳には複数の泣き声が聞こえた。おみよと、皿のほうから聞こえてくる声が。

それは、まるで獣の咆哮《ほうこう》。嵐の夜に荒れ狂う風のごとく、渦巻く怒り。

——末代まで祟ってやる——。

老若男女が入り乱れて巨大な竜巻となったような声が、すずの耳に届いた。

みしっ、みしっ、と家が鳴る。壁や天井を、誰かが歩き回っているかのように。

おみよの泣き声が激しくなる。あおり立てるように、家鳴りが連続する。

「ひいっ」

耐えきれなくなったように、女中が悲鳴を上げた。

皿から出続けている黒いもやは、まるで黒煙のようにもくもくと増えていく。

部屋に充満しようとしている黒いもやが、すずの目には無数の人々がうごめいているように見えた。伸ばした腕だけがくっきりと見えたり、おぼろげな全身の影のように見えたり。口を大きく開けている顔からは、おぞましい叫び声が吐き出されている。

「すず、どんな感じだ」

「黒いもやが見えます。その中に、大勢の人たちが……」

すずは黒いもやの中にいる者たちを見つめた。

「みんな苦しそうに叫んでいます。何て言っているのか、はっきりとはわからないんですけど、何か訴えているように聞こえます」

恐ろしいと思いながらも、なぜか顔をそらすことができない。目をつぶることも、耳をふさぐこともできない。

皿から湧き出てくる異形《いぎょう》の者たちは、どんどん増えてくる。それらは皿の周りにたたずんで、溶け合い、巨大なひとつの何かを形作ろうとしているようだった。

すずの顔を冷や汗が流れる。

「この皿は、かつて戦があった場所の土を使って作られた物のようだ」

宇之助の言葉に、異形の者たちの叫び声が弱まった。

「死んで土に還った者たちが、成仏できないまま、この皿に練り込まれている」

異形の者たちがうなずくように揺らめく。

「この皿を部屋に置いてから、おみよちゃんはおかしくなったんだな?」

皿から目を離さぬまま、宇之助は確かめた。

伝兵衛は涙目になって皿を見つめる。

「ですが、それは、おたづの死を受け入れられぬせいだとばかり思っておりました。まさか、この皿が元凶《げんきょう》だったなんて——おたづは、この皿に呪い殺されてしまったのですか」

宇之助は首を横に振った。

「皿の中の者たちが恨んでいるのは、唐の国の敵兵だ。帯刀した武士であれば、同じ兵と見なされ、呪い殺されていたかもしれんが。特に女子供に対しては、取り殺そうなどと考えてはいなかっただろう」

皿の近くをさまよう異形の中に、すずは子供のような姿を見出した。すぐ横にいる、長い髪をなびかせているように見える女は、その母親か。

「皿の中の者たちは、自分たちの苦しみを『わかって欲しい』と訴えている。おたづさんは、周りの者たちから頼られることが多かったんじゃないのか」

「ええ、困っている人を見ると、放っておけない性分で」

伝兵衛の言葉に、すぐさま女中が同意する。

「わたしたち奉公人の悩みにも、親身になって寄り添ってくださいました」

大吉が両手で顔を覆う。

「責任のある仕事を任せていただくようになって、嬉しく思いながらも緊張していたわたしを、女将さんはいつも励ましてくださいました。事故に遭ったあの日も、先に頼まれていた別の仕事に集中できるように、と女将さんが届け物を代わってくださったんです」

「おたづさんの人柄に、異国の霊たちもすがりたくなったんだろう」

伝兵衛が「そんな」と声を上げる。

「人がいいからといって、取り憑かれてしまっては、たまったものじゃありません。あまりにも理不尽ではありませんか」

「ああ、そうだな」

世の中には理不尽が満ち溢れていると言いたげな表情で、宇之助は皿を見据えた。

「無残に殺されたこいつらも、さぞ無念だったことだろうよ」

そうだ、そうだ、と叫ぶように異形の者たちが大きく上下する。

「だが、皿から溢れ出ている怨念は強過ぎた。異国の付喪神《つくもがみ》となり果てたこいつらは、今や存在するだけで、すべての者に害を与えてしまう。近くにいる者たちの心身を、手当たり次第に壊していくんだ」

だって仕方ないだろう、と反論するように異形の者たちが低く唸った。

宇之助は険しい表情で皿を睨みつける。

「まがまがしい邪気《じゃき》を浴び続けていたせいで、おたづさんは次第に弱っていったはずだ」

女中が「ああ」と嘆き声を上げる。

「それじゃ、女将さんが『疲れやすくなった』とおっしゃっていたのは」

伝兵衛が唇をわななかせる。

「やはり、皿に宿った怨霊が、おたづを事故に遭わせたのではありませんか」

「おたづさんの事故は、こいつらが仕組んだものじゃない」

宇之助は即座に否定した。

「大八車は先を急いで、勢いよく走っていたんじゃないのか」

「ええ、そうです」

伝兵衛が悔しそうに顔をゆがめる。

「おたづはよけきれずに轢《ひ》かれ、頭を強く打って死にました」

即死だったという。

伝兵衛は、はっとした表情になった。

「もしや、死罪となった車力《しゃりき》が逆恨《さかうら》みをして、我が家に不幸を——成仏できずに、こちらへ来ているのではありませんか」

大八車の事故は多く、引き手である車力の責任は重い。事故を起こしてしまった場合は、死罪や流罪となるのだ。

「車力は納得している。自分の罪を受け入れて、死んでいったようだ」

皿を睨んだまま、宇之助は告げる。

「雇い主に仕事を急《せ》かされ、大八車を乱暴に走らせたことを悔やんではいるが、おたづさんとその遺族に逆恨みなど抱いていない。申し訳なく思いながら、仕置《しおき》を受けたんだ。この皿に憑いている霊は、みな異国の者たちばかりだ」

崩れ落ちそうになる体を支えるようにして、伝兵衛は畳に両手をついた。

「わたしが、あんな皿をもらってしまったせいで……」

「あまり自分を責めるな。おたづさんがこの世からいなくなってしまったのは、天運なんだ。この皿がなくても、いつか事故に遭っていたかもしれない」

伝兵衛は悲愴な表情で頭を振る。

「そんな」

「矛盾して聞こえるかもしれないが、皿に宿った霊たちは、おたづさんの体に霊障を与えながらも、おたづさんをとても大事に思っていた。この優しい人なら、自分たちを苦しみから救ってくれるのではないかと、期待していたんだ」

だから霊たちは車力を許さなかった、と宇之助は続ける。

伝兵衛は放心したように肩を落とした。

「そういえば、たいしたお調べをしないまま、車力は死罪になったようです。誰がどう見ても大八車が悪かったから、即、死罪が決まったのかと思っていましたが」

「そこは霊たちが動いたようだ」

当然だと言わんばかりに、異形の者たちが「おーう」と声を上げた。

「車力のせいで、おたづさんが自分たちのもとを去ってしまったと怒っている。おたづさんのそばは心地がよくて、その存在に慰められていたのに」

それを執着と呼ぶのだろうか、とすずは思った。

絶望という暗闇に差した、ひと筋の希望の光を失った霊たちに残されたものは、恨みつらみしかなかったのか。

宇之助がちらりと振り返る。

「霊たちは、おたづさんの代わりを、おみよちゃんに求めた」

伝兵衛はぎょっとした顔で娘を見下ろす。

「何ですって」

「おみよちゃんは、おたづさんの血を濃く引き継いでいるようだ。おみよちゃんでも自分たちを救えるのではないかと思い、すがりつこうとしている。この皿は危険だ」

伝兵衛は娘を抱きしめた。

「駄目です。おたづに続いて、娘まで失う羽目になったら、わたしは」

娘を抱く手に力を込めて、伝兵衛は叫んだ。

「どうか助けてください。お代はいくらでも払いますから!」

宇之助はうなずいた。

「とにかく一刻も早く、皿を処分しなければ」

「お願いします」

皿の近くに漂っていた黒いもやが、一斉に「おーう」と非難がましい声を上げた。

宇之助は皿に向き直る。

黒いもやたちは宇之助に向かって勢いよく伸びていくが、皿の中から完全には抜け出せないようだ。宇之助の首を目指したが、宙を切るばかりで、宇之助には届かない。

宇之助は一歩前に踏み出した。

「やめてっ」

伝兵衛の腕の中から、おみよが叫んだ。

「その皿は、おっかさんなの。おっかさんを壊したりしないで!」

おみよは泣きながら「おっかさん」とくり返す。

「おっかさんは死んじゃったけど、皿の中では生きているの」

おみよは身をよじり、伝兵衛の腕の中から抜け出すと、宇之助の横に並んだ。涙に濡《ぬ》れた顔で、勢いよく皿を指差す。

「ほら、わたしに向かって優しく笑っているでしょう」

黒いもやたちがうなずくように揺れ動いた。

「おみよちゃん、あれはおっかさんじゃない。霊を祓ったあと、清めてから、割って処分するしかないんだ」

宇之助の言葉に、黒いもやたちが「おーう」と怒り声を上げる。

「嫌だっ」

おみよは宇之助に飛びかかった。爪先立《つまさき》ちになって胸ぐらをつかみ、小さな両手で宇之助の体を力いっぱい揺さぶる。

「あの皿がなくなったら、おっかさんが家からいなくなっちゃう。どこにもいなくなっちゃう」

宇之助はそっと、おみよの頭を撫《な》でた。

「そんなことはない。おみよちゃんと、おとっつぁんの心の中に、いつもいるだろう」

「嫌っ」

おみよは激しく頭を振りながら、宇之助にしがみついた。

「おっかさんを、どこにもやらないで！」

おみよの体の周りが、陽炎《かげろう》のように揺らめいた。すずは目を凝らす。黒いもやがうっすらと、おみよの体から立ち上り始めていた。

皿のほうから飛んできたのかとも思ったが、違う。黒いもやは、まぎれもなく、おみよの体の内から湧き出てきている。

あっという間に色濃くなった黒いもやは、おみよの体をすっぽり包み込もうとしているようだ。

すずはごくりと唾を飲む。

悪意だけでなく、悲しみや苦しみなども、黒いもやとして見えるのか――だとしたら、おみよは自分自身の強い感情に呑み込まれそうになっているのか。

宇之助が両手で、おみよの両肩を押さえた。

「おみよちゃん、落ち着け」

「うわあぁぁ」

おみよは地団駄を踏んで暴れるが、宇之助に押さえつけられて思うように動けないようだ。畳を激しく踏み鳴らして、叫び続ける。

「あぁあぁあ」

皿から伸びた黒いもやが、おみよを目指して進む。宇之助は左手でおみよの肩を押さえたまま、黒いもやに向かって右手を突き出した。見えない縄で黒いもやを縛るように、手を動かす。だが、黒いもやは止まらない。網の目をかいくぐるように動き回って、おみよを求めた。

それを迎え入れるように、おみよから立ち上っている黒いもやが動く。離れ離れになっていた最愛の者同士が手と手を伸ばし合うように、黒いもやが天井付近で触れ合おうとした。

宇之助が右手を振り上げる。刀で斬り上げるような仕草をすると、皿から出てきた黒いもやが真っ二つに切れた。

おみよが絶叫する。

伝兵衛が身を乗り出した。

「お、おみよ」

「動くな！」

宇之助が鋭い声で制する。

「誰もこっちに来るなよ」

女中と大吉は啞然《あぜん》と口を開けながら、怯えた目でおみよを見ている。

宇之助は両手でがっしりおみよの肩をつかみ直すと、呪文《じゅもん》を唱えた。高過ぎず、低過ぎぬ、胡弓《こきゅう》の音色を思わせる声だ。

「うあぁ、やめてーっ」

おみよの体から溢れる黒いもやは、どんどん多くなっていく。

「おっかさん、助けて、おっかさん」

おみよは泣きながら、肩に置かれた宇之助の手を振り払おうとする。歯をむき出して、首を大きく回すと、勢いよく宇之助の腕に噛みついた。

宇之助は意に介する様子もなく、呪文を唱え続けている。

伝兵衛は頭を抱えて啞然としながら、尋常ではない娘の様子を見守っていた。

「おみよ……」

〈おみよ〉

伝兵衛の声に、もうひとつ声が重なり合った。

不意に、淡い光がおみよを包み込む。おみよから溢れ出ていた黒いもやは光の中で薄れていき、やがて宙に溶けるようにして消えた。

すずは目を見開く。

いつの間にか、おみよの背後に女が一人――。

「おたづさん」

すずの口から、するりと言葉が漏れた。

皿に描かれた女に似ているとはあまり思えなかったが、突然この場に現れた女がおたづであることは、すぐにわかった。心から愛おしむような眼差しで、じっとおみよを見下ろしている。

宇之助に切られながらも宙に漂っていた黒いもやが「おーう」と声を上げながら、大きく揺れ動いた。おみよとおたづを目指して突き進んでいく。

宇之助はおみよから手を離すと、黒いもやに向かって両手を突き出した。黒いもやが止まる。宇之助が呪文を唱えながら両手をぱんっと打ち鳴らすと、天井近くで止まっていた黒いもやが消えた。

伝兵衛が目を見開いて、すずとおみよを交互に見やる。

「おたづがいるんですか？　どこに⁉」

伝兵衛はきょろきょろと部屋の中を見回すが、その目がおたづの姿をとらえることはない。おたづは悲しげな笑みを伝兵衛に向けた。絡み合いそうな二人の視線は、宙ですれ違っていく。

おたづはおみよに向き直った。

おみよは両手で顔を覆って泣いている。

「おっかさん……おっかさん……」

〈ここにいるよ〉

おたづがそっと、おみよの頭を撫でる。

だが、その手がおみよに触れることはない。淡く透き通って、おみよの体をすり抜けていく。

おたづは涙を浮かべながら微笑んで、おみよの頭を撫でようと手を動かし続けた。愛おしそうに、何度も、何度も。

おみよは何も感じていないようで、身じろぎひとつしない。

やがて、おたづは名残惜《なごり》しそうに手を止めると、宇之助に向かって頭を下げた。

〈どうか夫と娘を助けてください〉

おたづは身を起こすと、宇之助に向かって手を合わせた。

〈それから、大吉に伝えてください。わたしの死を気に病まぬように、と〉

おたづは慈愛《じあい》に満ちた目で大吉を振り返った。

〈あの子は忠義者《ちゆうぎもの》です。いつか立派に小野屋を支えてくれることでしょう。大事に育てるよう、うちの人に伝えてください〉

宇之助は目を細める。

「わかった」

おたづがおみよに向かって両手を広げる。かき抱くように回した両手は、おみよの体をあっさりとすり抜けた。おたづはそのまま自分の両腕をつかむ。まるで、我が子をひしと抱きしめているかのように。

〈おっかさんは、いつもおまえを見守っているよ〉

届かぬ声でおみよにささやきながら、おたづは淡くなって消えていく。

おみよが小首をかしげた。

「おっかさん……？」

皿がすさまじい咆哮《ほうこう》を上げる。

〈待って〉

〈置いていかないで〉

〈おたづ〉

〈おみよ〉

〈もう、あの子しかいない〉

がたがたと音を立てて、皿が大きく揺れ出す。描かれた女の腹を突き破るようにして、どす黒い手が出てきた。ぐーんと長く伸びた二本の手は、文机の端をがっしりとつかんで、皿の中からおのれの体を引っ張り出していく。ずりっ、ずりっ、と這《は》うようにして、顔のない泥人形のような塊が生まれ出た。

「ひいっ」

「皿が動いている！」

大吉と女中が腰を抜かした。二人の目は皿に釘づけだ。皿から出てきた物《もの》の怪《け》は見えていないようである。

〈おーう、おーう〉

物の怪が唸り声を上げた。赤子のように這って、前へ進む。胴が長く、足はまだ皿の中だ。物の怪の体からは、泥のような黒い雫《しずく》がしたたり落ちている。それはまるで、産湯《うぶゆ》を使う前の赤子の血のようでもあり、戦で殺され土に練り込まれた者たちの血のようでもあった。

宇之助が再び呪文を唱える。何を言っているのかは聞き取れないが、悪霊を降伏《こうふく》させるための文言であることは間違いない。皿から這い出てきた物の怪が、ぴたりと止まった。宇之助が何かを縛り上げるように手を動かすと、その指先から放たれた縄のような光が物の怪に絡みついた。

宇之助の術は完全に物の怪を縛ったのだと、すずは思った。

が、次の瞬間――。

新たな黒いもやが勢いよく皿から飛び出してきた。いったん高く伸び上がってから、無数の矢のように降り注いでくる。

宇之助が跳んだ。おみよを抱きかかえながら、黒いもやを避けて横に転がる。

すずの頭上にも、黒いもやが矢のように落ちてきた。あれに触れたら、いったいどうなってしまうのか。

思わず目をつぶりそうになった、その時――すずの目の前を、美しい蒼色《あおいろ》が覆った。蒼が姿を現したのだ。巨大な尾を、ぶんと一振する。黒いもやは瞬時に消えた。すずは安堵の息をつく。

しかし、黒いもやの矢は次々と皿から飛び出して、すずたちに襲いかかってくる。

蒼がいらいらしたように尾を振り回した。

〈この異形は、我も初めてだ。皿を割らねば収まらぬぞ〉

宇之助はおみよを背にかばいながら、右手で斬り上げるように顔の前を払っている。そのたびに黒いもやが消えていくが、皿から生み出される黒いもやが尽きぬので、きりがない。

蒼が不機嫌そうに皿を睨んだ。

〈あれを粉々にするには、ちと我の生気が足りぬ〉

すずの背中がぶるりと震えた。

今は蒼を恨んでいないが、生気を吸われていた時の苦しみを、体がしっかり覚えているのだろうか。

泥人形のような物の怪が、怒り声を上げながらもがく。光の縄がちぎれた。宇之助に向かって、再び這い出す。

宇之助はおみよを守りながら戦っているため、思うように動けないようだ。物の怪に向かって右手を振り上げた瞬間、怯えたおみよにしがみつかれた。何か術を放とうとしていたようだが、途中で手が止まってしまった。

「すず、おみよちゃんを頼む」

宇之助が言い終わらぬうちに、物の怪が跳び上がった。大きく口を開いて吠《ほ》えながら、宇之助に襲いかかる。

「くそっ」

すずは駆け寄って、おみよを抱き寄せた。

宇之助が両手を広げて、物の怪とすずの間に立ちふさがる。

「蒼、宇之助さんを守って！」

すずが叫んだと同時に、勢いよく窓から何かが飛び込んできた。続いて、もうひとつ――草履《ぞうり》を履いたまま畳に下り立ったのは、二人の男だった。一人は町人、一人は武士だ。町人のほうは、右目に黒い当て布をしている。

すずは思わず「あっ」と声を上げた。

以前、加納が言っていた男たちだ。偽の祈禱師《きとうし》が招き猫を売りさばいていた事件について、町方のもとを訪れ、仔細《しさい》を確かめていたという。問われるままに答えるよう町奉行が命じていた、と加納は語っていた。

とすると、お縄になるような悪人ではないのだろうが、宇之助とは浅からぬ因縁《いんねん》があるらしい。

――富岡光矢《とみおかこうや》――。

男の名を口にした時の宇之助は、ひどくいまいましそうな顔をしていた。

光矢は昔、宇之助とともに仕事をしたことがある呪術師だそうだが。では一緒にいる武士は何者か。

光矢が皿に手を伸ばした。五指に分かれた黒い手袋を両手に着けている。

皿が高く掲げられた。黒いもやを撒《ま》き散らしながら、勢いよく床に叩きつけられる。

耳をつんざくような悲鳴が上がった。老若男女《ろうにゃくなんにょ》の入り乱れた声が、畳の上に転がった皿から上がっている。ひびが入ったようだが、割れてはいない。

光矢は皿に向かって九字を切るような仕草をした。皿から絶叫が上がる。

〈いやーっ〉

〈やめろぉ〉

「滅《めっ》！」

光矢が叫ぶと、皿が真っ二つに割れた。立ち上っていた黒いもやがすべて消えていく。

部屋の中は、しんと静まり返った。

すずは瞬《まばた》きをくり返す。先ほどより、部屋の中が明るくなったように感じる。一瞬、気のせいかと思ったが、小野屋一同も不思議そうな表情で室内を見回しているので、やはり何かしらの変化はあったのだろう。

光矢は懐から黒い風呂敷を取り出すと、割れた皿を包み込んだ。かけらも残さず拾い集めて、結び目を固くしめる。結び目に指を当てると、呪文を呟《つぶや》いた。どうやら封印したようだ。

宇之助が光矢の前に立つ。

「おまえたち、なぜここに」

光矢は冷めた目を宇之助に向けた。

「相変わらずの体《てい》たらくだな」

宇之助は、むっと顔をしかめる。

光矢は嘲笑《ちょうしょう》するように口角を上げた。

「昔から、変わっていない。一人で何でもできる気になって、周りの者を危険に巻き込む」

「何だと」

「この人数を、一人で守り切れるつもりでいたのか？」

宇之助はぎりりと奥歯を噛みしめた。

光矢はすずに目を移す。

「その娘には強い守護《しゅご》がついているようだが、それは使役獣《しえきじゅう》ではない。都合よく、他の者を守ってくれたりはしないだろう」

光矢にも、はっきりと蒼が視えているようだ。

すずの頭上を見つめて、光矢は目を細める。

「だが、なるほど——この契約が破られることはあるまい。どうやら腕は衰《おとろ》えていないようだな。しかし相変わらず、おまえは甘い」

光矢がおみよを一瞥《いちべつ》した。

「殺《や》るか、殺られるか。魔を祓う時は躊躇《ちゅうちょ》するな、とわたしは言ったはずだ」

光矢の声には、温かみが微塵《みじん》も感じられない。この男であれば、皿を壊さないでくれと懇願するおみよを無視して——いや、突き飛ばしてでも処置を行っただろう、とすずは思った。

光矢が窓の敷居に足をかけた。

「天馬《てんま》、行くぞ」

武士に向かって声をかけてから、光矢がちらりとすずを見た。

視線がぶつかり合う。

右目の当て布に気を取られたのは、ほんの一瞬——射貫《いぬ》くような眼差しを向けてくる光矢の左目に、すずは釘づけになった。深く澄んだ黒目の奥に、体ごと吸い込まれてしまいそうな心地になる。

時の流れが遅く感じた。すずは光矢の左目に見入った。

ふいっと顔をそらして、光矢は窓の外へ跳ぶ。

天馬が苦笑した。

「あれでも光矢は心配しているんだよ」

穏やかな眼差しを宇之助に向けて、天馬は続ける。

「町の占い師として生きるのが宇之助の幸せだ、と言っていた。わたしも同じ意見だ」

言い終わるや否《いな》や、天馬が跳んだ。光矢のあとを追って、窓の外へ出ていく。物音ひとつ立てなかった。

窓の外では、何事もなかったかのように鳥がさえずっている。

「おみよ」

伝兵衛の声に、すずは我に返った。抱きしめていたおみよが、すずの手から離れて父親のもとへ駆け寄る。伝兵衛は娘をひしと抱きしめた。

「無事でよかった」

おみよを抱きしめながら、伝兵衛は宇之助を見る。

「本当に、ありがとうございました。先ほどの方々は、いったい……」

「呪術師だ。きっと異国の霊障を調べ回っているうちに、ここへ辿《たど》り着いたんだろう」

それより、と宇之助は話を転じた。

「おたづさんからの言伝《ことづて》だ」

小野屋一同が目を見開く。

宇之助はおみよの前に立つと、腰をかがめて目を合わせた。

「おっかさんは、いつもおみよちゃんを見守っている。あの世とこの世に離れても、心はずっと繋《つな》がっているんだよ」

おみよはじっと宇之助を見上げた。

「本当？」

「ああ、本当だ」

宇之助は背筋を伸ばすと、女中に顔を向けた。

「もう霊障は起きないはずだ。おたづさんの分まで、おみよちゃんを可愛がってやってくれ」

「はい」

女中は深々と頭を下げる。

宇之助は大吉の前に移った。大吉の顔に緊張がみなぎる。

「おたづさんは、あんたに期待しているぞ。小野屋を支えてくれる忠義者だと言っていた」

大吉の目が潤《うる》む。

「女将さん……」

天に向かって誓うように、大吉は胸の前で手を合わせた。

「これからも精進いたします」

宇之助はうなずいて、伝兵衛に向かい合う。

「大事な者の死を乗り越えるには、長い時がかかるかもしれん。だが伝兵衛さんには、おみよちゃんたちがいる。一人じゃないんだ」

伝兵衛は力強くうなずいた。

「半年もの間、それを忘れてしまっておりました。お恥ずかしい限りです」

宇之助は頭を振って微笑んだ。

「おれよりは、ずっとましさ」

不意に、おみよが「あっ」と声を上げる。

「おっかさん」

伝兵衛がおののいたように、おみよを見た。

「おっかさんのにおいがする」

小野屋一同は、すんと鼻を鳴らしながら室内のにおいを大きく吸い込んだ。


娘の言葉に、伝兵衛は驚いた。

おたづのにおいがするだって？

すんすんと犬のように鼻を鳴らしながら室内のにおいを嗅《か》げば、確かに、おたづのにおいがするような——しかし気のせいではないだろうか、と伝兵衛は首をかしげる。

確かに、霊障はあったのだろう。おみよの部屋の前だけ植栽が枯れていたり、がたがたと音を立てて皿が揺れたり。尋常《じんじょう》ではない何かが小野屋に起こったのは間違いない。

だが、すずという茶屋娘が「おたづさん」と口にした時、伝兵衛には何も見えなかった。部屋のどこにも、おたづの姿はなかった。

おたづの霊は、本当に現れたのだろうか。現れたのなら、なぜ伝兵衛に姿を見せてくれなかったのだ。

伝兵衛に霊力がないからだと言われてしまえばそれまでだが、宇之助はともかく、すずにまで見えて、自分には見えなかったというのが、どうも引っかかる。

自分は、おたづの亭主だ。夫婦仲がよかったという自負もある。もし本当に、おたづがここに現れたならば、赤の他人よりも自分やおみよに何か伝えようとしたのではなかろうか。

伝兵衛は、おたづの気配など微塵《みじん》も感じなかった。

一条宇之助という占い師には、祈禱や退魔を行う不思議な力があると聞いたが、本当に本物だろうかという疑念が鎌首《かまくび》をもたげてくる。

もちろん、本物だと信じて依頼したつもりだ。あの三島屋徹造も信頼しているというから、怪しい男ではないはずなのだ。

しかし、先ほど窓から突然入ってきた男たちは怪しくなかっただろうか。人の家に土足で飛び込んできて、また窓から去っていった。

右目に当て布をした呪術師は何だか偉そうで、町人にもかかわらず連れの武士を呼び捨てにしていた。武士のほうも、無礼者めと怒ることなく、すんなり受け入れていた。いったい、どんな間柄なのか。

いや、それよりも。

一条宇之助に向かって「体たらく」だの「甘い」だのと言っていなかったか。

伝兵衛の胸を不安がよぎる。

一条宇之助が本物の術者だとして。腕は確かなのか。右目に当て布をした呪術師のほうが格上ではないのか。けっきょく、皿を割って処分したのはあの男だったし……。

伝兵衛は恐る恐る、宇之助の顔を覗き込んだ。

「あの、霊障は、本当に完全に収まったのでしょうか」

宇之助は大きくうなずいた。

「大丈夫だ」

しかし断言されても、伝兵衛の心は晴れない。

あの恐ろしい日々に終わりはなく、まだ続いているのではないかという気がしてしまう。

もう一度、鼻から息を大きく吸い込んでみるが、おたづのにおいが伝兵衛の体内に入ってくることはない。やはり気のせいだったのか……。

みしっ、みしっ、と家鳴りがした。

伝兵衛は身を硬くして、周りを見回す。

ふと、窓から差し込む日の光が目に入った。

「あっ」

思わず声を上げた。

窓辺に置いてある文机の上——絵皿を飾っていた場所に、いつの間にか古ぼけた櫛《くし》が載っている。さっきまでは、なかったはずなのに。

伝兵衛は文机の前に膝を突くと、日の光に照らされた櫛を見つめた。

「おたづ……」

それは、貧しかった昔に伝兵衛が初めて買ってやった物だった。暮らしに余裕が出て、もっとよい品を買ってやったあとは、ずっと身に着けていなかったのだ。歯が欠けたりして、とっくに処分したかと思っていたが——。

「これ、おっかさんの宝物」

伝兵衛の横から、おみよが櫛を覗き込んだ。

「簞笥《たんす》の引き出しの中に、おっかさんは大事な物をしまっていたの」

時々おみよに櫛を見せて、柳原土手に店を出していた頃の思い出を語っていたのだという。

――冬は寒くて凍えそうになってねえ。指がかじかんで、何度も品物を落としそうになったよ。だけど壊したりしたら、売り物にならないだろう。今みたいに、火鉢なんか使えるご身分じゃなかったしさ――。

夏は暑くて、筵を敷いただけの屋根もない店で、高く昇った日に照らされて目まいを起こしそうだった。品物がよく売れた日には、甘酒を一杯だけ買って、おとっつぁんと二人で分けて――と、おたづは楽しそうに語っていたという。

「昔の苦労を、楽しそうに……」

おみよはうなずく。

「おっかさん、笑ってたよ。屋根のある店に移れることになって、浮かれたおとっつぁんが川に落ちそうになった、って」

伝兵衛の頰を涙が伝う。

「おたづ……」

伝兵衛はそっと櫛を手に取った。

「こんな物を後生《ごしょう》大事に取っておいたのか。もっといい物を、たくさん買ってやったのに、これを」

櫛を渡した時の、嬉しそうにはにかんだおたづの顔が、まぶたの裏に浮かぶ。

伝兵衛は声を上げて泣いた。

おたづが死んだあとは、形見《かたみ》の品を見るのもつらく、おたづのにおいが染《し》みついている着物の入った箪笥を開ける気にはなれなかった。おたづが残した着物は、いつか、おみよが大きくなったら渡そうと思っていたのだが——。

おまえさん、しっかりしておくれよ、とおたづに背中を叩かれた気がした。

伝兵衛は櫛に額を押し当ててうなずく。

もう疑いはしない。おたづは確かに、ここへ現れたのだ。

〈おまえさん〉

ふと、おたづの声が耳の奥にこだました。

顔を上げると、窓の向こうからこちらを見ているおたづの姿があった。

伝兵衛は立ち上がる。

「おたづ」

名を呼ぶと、おたづがにっこり微笑んだ。さようならと言うように、右手を小さく振りながら、薄れていく。

「待ってくれ」

伝兵衛が窓の外へ身を乗り出した時には、もう、おたづの姿はそこになかった。

ただ柔らかな光が空から降り注いでいるのみである。

如月《きさらぎ》（二月）になり、あちこちで梅の花が満開になった。しかし、まだ冷え込む日も多く、たまやでは温かい蕎麦がよく売れている。

「まあ、綺麗《きれい》」

すずが季節の蕎麦を運んでいくと、年増《としま》の女客二人が歓声を上げた。

「若布《わかめ》の色が鮮やかねえ。春らしいわ」

睦月の七草蕎麦から、鴨《かも》と若布の蕎麦に変わっている。

鴨の身から染み出た脂《あぶら》で、つゆは艶々《つやつや》と輝き、冷めにくくなっている。ぐっと春めいてくるまでは、体の温まる蕎麦を出そう、という吉三の心遣いである。

さっと湯通しした若布の緑で、力強く芽吹いた若緑――つまり若芽を表した。

「今生明神さまにお参りして、清々《すがすが》しい気分になったあとで食べるたまやの蕎麦は格別ね」

「ええ、本当に。今日も来てよかったわ」

たまに見る二人連れである。聞こえてくる話によると、最福神社へ参拝してから一緒に昼食を取るのが楽しみで、日々の仕事に励んでいるのだという。奉公人がどうのこうのと話しているので、商家のおかみさんではないかと思われた。

ふと、おたづを思い出す。

事故に遭わなければ、今頃は、あの二人のように女友達と出かけたりしていたのだろうか。おみよを連れて甘味を食べにいったりもしていたかもしれない。

「いらっしゃいませ」

調理場から上がったきよの声に、すずは表口を見た。

ちょうど今、思い出していたおみよが戸口に立っていた。伝兵衛とともに店内へ入ってくる。

「こんにちは」

おみよは可愛《かわい》らしい声で、しっかりと挨拶をした。

「こんにちは。どうぞ、こちらへ」

占い処のすぐ前の長床几へ案内する。

おみよを座らせると、伝兵衛は宇之助に向かって一礼した。

「手習師匠のもとへ挨拶に参りましてね。その帰りに寄らせていただきました」

宇之助は目を細める。

「それじゃ、いよいよ手習指南所へ通い始めるのか」

「ええ、おかげさまで」

伝兵衛は顔をほころばせた。

「あれから、おみよは以前のように外で元気よく遊ぶようになりました。近所の友達と一緒に手習指南所へ通いたいと、自分から言い出しまして」

「それはよかった」

伝兵衛は季節の蕎麦をふたつ注文すると、おみよの隣に腰を下ろした。

「実は昨日、あの皿をくれた男に偶然会いましてな」

皿のことをひどく気にしていたという。

「わたしに贈ったあとで、皿のいわくを知ったそうです」

商売仲間であるその男は、皿の出所が、ある武家屋敷だったと語った。由緒ある家に献《けん》上《じょう》された品だったらしいのだが、気になるのは、皿の持ち主がみな次々と病に倒れていったらしいということ。

「最初に献上されたご当主が亡くなられたあと、御家は幼い若君が継ぎ、皿はご正室さまのお部屋に飾られていたそうです」

だが、やがて正室の具合も悪くなった。

「ご当主を亡くされた悲しみのため臥《ふ》せってしまったのだと、みな思っていたようですが」

親身になって看病してくれた若い侍女に、正室は生前の形見分けとして皿を下げ渡した。

「そうしたら、ご正室の容態が持ち直したというのです」

もちろん、皿を手放したためだと思う者は誰もいない。尽くしてくれた礼だと言われ、受け取った皿を大事にしていた侍女は、やがて良縁を得て嫁《とつ》いでいった。

「月日が流れ、皿は侍女の子孫が大事に持ち続けていたそうなのですが、病人が出た際に薬代がかさみ、いくつかの品と一緒に手放したそうです」

それが伝兵衛の商売仲間のもとへ回ってきたのだった。

「持ち主がちゃんと納得して売った品で、皿を手放したあとは、やはり病人も快癒《かいゆ》したそうです。皿を売って得た金で買った薬が、とてもよく効いたようで。だから先祖が救ってくれたのだと、売り主はたいそう喜んでいたと聞きました」

だから商売仲間は、けちがついた品物だとは夢にも思っていなかった。しかし、おたづが死んだと知った時、ふと思ってしまったのだ。

皿があった家では、やけに病人が多くなかったか、と——。

商売仲間は「ただの偶然だ」と思うよう努めたという。

漢方医にも蘭方医《らんぽうい》にも治せぬ病は、この世にたくさんある。それに、おたづは病ではなく、事故で死んだのだ。皿とは関係がないはずだ。

「しかし、心のどこかで気にし続けていたのでしょう。昨日ばったり道で行き合った時に、尋ねてきたのです」

——おたづさんは体が悪かったわけじゃないよな——。

「真面目《まじめ》で、義理堅い男です。もし、皿に怨霊が取り憑いていたと言えば、ひどく落ち込んで、商売を続けられなくなってしまうでしょう」

単なる事故だった、と伝兵衛は仲間に言い切った。

「あまり自分を責めるな、とあなたはわたしにおっしゃった」

伝兵衛はまっすぐに宇之助を見つめる。

「あの皿がなくても、おたづはいつか事故に遭っていたかもしれない。おたづの死は天運だったのだ、と」

やっと妻の死を受け入れたような表情で、伝兵衛は微笑んだ。

「だから誰も恨まないことにしました」

宇之助はうなずく。

「おたづさんも、それを望んでいるだろう」

恨みつらみに囚《とら》われれば、あの皿に取り憑いた怨霊たちのようになってしまうのだろうか、とすずは思った。

「季節の蕎麦二人前できたよ」

きよの声に、すずは調理場へ急いだ。

おみよと伝兵衛のもとへ運べば、二人とも目を輝かせてどんぶりの中を覗き込む。

「わあ、綺麗な緑」

「いいにおいだなあ」

親子は夢中で蕎麦を食べ始めた。

すずは微笑みながら見守る。

「姉さん、勘定ここに置くよ」

「はい、ありがとうございました」

すずは帰っていく客を見送りながら、戸口に立った。

青空に浮かぶ白い雲を通して、日輪《にちりん》の光が柔らかく降り注いでくる。

おたづが現れた時の優しい光のようだと、すずは思った。

第四話　兄弟子の心得

握り飯を頬張《ほおば》る宇之助の表情が硬い。

今日は店開けから「がらん堂」の日だというので、朝食を一緒に取ることにしたのだが――まるで味わわずに嚙《か》んで飲み込んでいるようだ。

食べかけていた握り飯から、ぽろりと米が膝の上に落ちた。宇之助は慌てたように米をつかみ、口の中に入れる。

「おや、ごめんよ」

きよがおっとりした声を上げた。

「今日は握り方がゆる過ぎたみたいだねえ」

宇之助は首を横に振る。

「いや、おれがぼうっとしていたんだ」

きよは小首をかしげる。

「具合が悪いってわけじゃないんだよねえ？」

「ああ、体調は万全だ」

と言ってから、宇之助はちらりとすずを見た。

「実は、少々寝不足でな」

嘘《うそ》をついても、すぐにばれると観念している表情だ。

「夜更かしでもしたのかい」

きよが微笑《ほほえ》みながら宇之助の顔を覗《のぞ》き込む。

「昨夜は退魔《たいま》の仕事じゃなかったはずだろう。宇之助さんに限って、郭《くるわ》通いなんかしていないとは思うけどさ」

宇之助は苦笑した。

「夢見が悪くて、夜中に目が覚めてしまったんだ」

きよは「おや」と眉《まゆ》をひそめる。

「大丈夫かい。疲れているんじゃないのかい。宇之助さんの仕事は、ものすごく脳《なずき》を使うって言ってたからねえ。あ、甘酒を持ってこようか」

宇之助は首を横に振った。

「今はいい。きよさんが作ってくれた味噌汁《みそしる》があるからな」

「そうかい」

きよは自分の横にあった卵焼きの皿を、宇之助が座る長床几《ながしょうぎ》に置いた。

「それじゃ、どんどん食べて元気をお出し。美味《おい》しい物を食べると、笑顔になれるからね」

幼子に言い聞かせるように、きよは続けた。

「物を食べる時は、いい気持ちで食べなきゃ身にならないんだよ。ただ口に入れりゃいいと思って、しかめっ面で食べた物は、滋養《じよう》にならないんだから」

楽しく過ごせば長生きできる、命は飲食が養っている、ということが確か『養生訓《ようじょうくん》』にも書かれてあったと、きよは力説した。すずが寝たり起きたりの暮らしを送っている間、苦しんでいる娘を何とか救いたい一心で、きよは読み慣れない書物に懸命に取り組んでいたのだ。

「朝からしっかりご飯を食べたら、きっと寝不足に負けないからね。だけど、どうしても体がつらかったら、今日は早じまいして休みなよ」

宇之助は素直にうなずいて、握り飯を平らげると、きよが寄越した卵焼きに箸《はし》をつけた。半分かじって、目を細める。

「甘くて、美味《うま》い」

きよは満足げに口角を上げると、自分の食事に戻った。

すずも握り飯をかじる。中に入れた梅干しのすっぱさが、舌に染みた。

宇之助の様子がおかしかったのは、寝不足のせいだけではない、とすずは思う。もちろん嘘ではないはずだが、他にも何か理由があるのではないだろうか。

小野屋で富岡光矢に会ってから、宇之助がいらついていることに、すずは気づいていた。

「がらん堂」として客に接する際は、いつものように江戸弁で明るく振る舞っているのだが、客がいなくなると、わずかにふっと表情が陰《かげ》るのだ。思い詰めた表情で、たまに歯噛みしている時もある。

――相変わらずの体《てい》たらくだな――。

光矢が宇之助に投げた言葉はきつい、とすずは思った。

――一人で何でもできる気になって、周りの者を危険に巻き込む――。

過去に何があったのか知らないが、光矢が指摘した宇之助の甘さは、おそらく、人の心を大事にすることだ。

蒼と契約した時だって、宇之助は怪我を負わされながらも、番《つがい》を亡くして孤独だった蒼の心に寄り添った。

きっと妻を亡くした自分の境遇と重ね合わせたのだろう。

それは小野屋の件でも同じだったはずだ。残された者たちの心を思い、すぐに皿を割らなかったことが、物《もの》の怪《け》に隙《すき》を与えてしまう結果となった。

あの時、光矢が皿を処分してくれたから、すずたちは助かったのだが――。

人の心を大事にすることが悪いとは、どうしても思えない。

強さとは、人の心を切り捨てることなのだろうか。

しかし「がらん堂」の仕事をそばで見ている限り、宇之助が間違っているとは思えない
――というより、思いたくなかった。

魔を祓《はら》うことは命懸け。「殺《や》るか、殺られるか」だと光矢は言っていた。

すずのまぶたの裏に、小野屋で視《み》た異形《いぎょう》の者たちの姿がよみがえる。

呪術師《じゅじゅつし》たちは、いつも、あんな恐ろしい化け物たちと戦っているのか。躊躇《ちゅうちょ》すれば危険だという言い分はもっともだ。

しかし、人の心がどうでもいいというわけではないだろう。どうでもいいのであれば、呪術師たちはなぜ物の怪と戦うのか。人を守るためではないのか。

少なくとも「がらん堂」としての宇之助は、人の心に寄り添っている。

宇之助がいつも言っている「霊能は万能じゃない」という言葉が、すずの頭の中に浮かび上がった。

厳しいことを言っていた光矢だって、全能な呪術師ではないだろうに……。

宇之助に対する言い草を思い出すと、まるで自分の身内を貶《おとし》められたような気持ちにな

る。

ふと、宇之助と目が合った。

「何だ」

「いえ、あの」

すずはとっさに、ごまかそうとした。

しかし宇之助のまっすぐな視線に、ごまかしていいのだろうか、という思いが込み上げてくる。

すずには「嘘を見抜く力」があるから、相手の言葉の真偽がわかってしまう。だから宇之助も、すずには嘘をつかない。さっきだって、夢見が悪くて寝不足だという話などしたくなさそうだったのに、けっきょくは正直に話してくれた。

言わざるを得ない状況に、すずが追い込んでしまったのではないか。

相手にばかり真実を差し出させておいて、自分がごまかすのは卑怯《ひきょう》なのではないだろうか、という気になった。

「どうした、おれの顔に何かついているか?」

宇之助が口の周りを指で撫《な》でる。

「違うんです。あの……」

宇之助は怪訝《けげん》そうな顔で首をかしげた。

思ったことを、そのまま口に出してよいのだろうか、とすずは迷う。

しかし同時に、やはり嘘は駄目だという思いがじわじわと胸の中に広がってきた。

宇之助の過去に踏み込んでよいのだろうかという不安と、常に正直であるべきではないかという気持ちが、すずの中でせめぎ合う。

「何なんだ、いったい」

ぐいと顔を覗き込まれた瞬間、やはり嘘をつかないことが相手に対する誠意ではないのかという思いが、ひょいと躊躇を押しのけた。

すずは大きく息を吸って、吐く息とともに告げる。

「光矢さんという方が言ったことは、気にしなくていいと思います」

宇之助の肩が小さく跳ね上がった。

やはり言われたことを気にしていたのだ、とすずは思った。

「あの人と宇之助さんの間に何があったのか知りませんけど、宇之助さんのおかげで救われた人たちは大勢いるはずです」

力強く言い切ると、宇之助は一瞬ぽかんと呆気《あっけ》に取られたような顔をしたが、すぐに険《けわ》しい表情になって睨《にら》みつけてきた。

すずはあせる。

「あたしが言いたいのは、つまり、宇之助さんはすごいってことですよ。宇之助さんが周りの人を危険に巻き込むだなんて、そんな。宇之助さんがいなかったら、あたしだって、小野屋さんだって」

「黙れ」

宇之助の鋭い声が、すずをさえぎった。

「おまえに何がわかる。何も知らないくせに、よけいな口を出すな」

「あ……あたしは、ただ」

すずは懸命に言葉をしぼり出す。

「宇之助さんに、元気を出して欲しいと思っただけで」

「よけいなお世話だ」

宇之助は立ち上がると、店の奥の占い処へ向かった。自分の席に腰を下ろすと、腕組みをして、文机代わりにしている長床几を睨みつける。今にも蹴り上げるのではないかという形相だ。

すずは戸惑う。

「宇之助さん」

呼びかけても、無視された。すずのほうなど見向きもしない。

怒らせてしまった……。

すずは呆然《ぼうぜん》としながら、長床几の上の器を片づけた。流し場に置いて、たたずんでいると、きよが調理場へ入ってきた。

「宇之助さんのことは、ちょっと放っておいておやり」

小声でささやかれ、振り向くと、きよが困ったような笑みを浮かべていた。横に来て、内緒話をするように耳元に口を寄せてくる。

「小野屋さんの件で、きっと亡くなったおかみさんを思い出したんだろうよ」

すずは目を見開いた。

「おっかさん、気づいてたの？」

きよはうなずく。

「だけど何でもかんでも口にすりゃいいってもんじゃないだろう。宇之助さんが言い出すまでは、知らん顔していようと思ったのさ」

きよは洗い物をしながら、小声でそっと語り出す。

「おとっつぁんが行方知れずになった時、あたしはひどく取り乱してねえ。だって、突然ふらりといなくなっちまっただろう。もう帰ってこないだなんて、始めは、とても信じられなかったよ」

博打《ばくち》で借金をこしらえて逃げたのではないか、こっそり囲っていた女のもとへ走ったのではないか、などという当て推量がきよの耳に届いた。

「そんなことない、あたしはあの人を信じてる、って気丈《きじょう》に言い張っていたけど、本当のところはどうなんだろう、ってずっと不安だった」

「おっかさん……」

「あんたが寝たあと、一人でやけ酒を飲んだりしてね」

しらふではとても眠れなかったのだと、きよは苦笑する。

すずは知らなかった。母が笑顔の裏で、そんなに苦しみもがいていただなんて。

もちろん、母のつらさはわかっていたつもりだ。しかし幼いすずは、自分のつらさを受け止めるだけで精一杯になっていた。

壊れた蝶々《ちょうちょう》の玩具《おもちゃ》を買うために、父は出かけていったのだ。あの日、父が出かけなければ、行方知れずになることもなかったのではないか、とすずは自分を責めた。

蝶々売りを探している途中で、父は事故に遭ったのではないか。

あたしのせいで、ごめんなさい、と謝るすずを、きよは抱きしめてくれた。すずのせいではないと言ってくれた。

優しく笑いながら。

あの笑顔の裏で、母は泣き叫んでいたのか。まだ幼い娘に苦悩を見せまいと、必死で歯を食い縛っていたのか。

「おせんさんが、あたしの愚痴を聞いてくれてさ」

きよは思い出したように目を細める。

「あの人、しょっちゅう、うちに来て、嫁の悪口とか、いろんなことをしゃべっているだろう。だけど、こっちが本当に言いたくない時には、あまりずかずかと踏み込んでこないんだよ。話したくなるまで待っていてくれるのさ」

すずのまぶたに、おせんの笑顔が浮かぶ。

おせんは困っている者を放っておけない性分《しょうぶん》だ。この界隈《かいわい》でも救われた者は多いだろう。ちょっと強引なところもあるが、人から憎まれないのは、おせんがいつも相手のことを思いやっているからだ。

「八つ当たりでも何でも、気持ちを吐き出すことは悪いことじゃないよ」

きよがちらりと占い処のほうを見る。

「だけど今は、静かに待とうじゃないか、宇之助さんが話したくなった時に、あたしたちの顔を思い浮かべてくれるのをさ」

すずは黙ってうなずいた。宇之助の心に土足で踏み込もうとしてしまった自分を恥じる。

落ち込むすずの背中を、きよがぽんと叩《たた》いた。

「大丈夫だよ。宇之助さんだって、あんたの気持ちはわかってくれているはずさ」

「店開け前に、ちょいとごめんよ！」

きよの言葉をかき消すように、おせんの声が響いた。調理場を出ると、勢いよく表口を引き開けたおせんが、息を切らして飛び込んできたところだった。

「おあきさんが寝込んでるって、知ってるかい⁉」

「えっ」

すずはおせんに駆け寄る。

「おばさんが寝込んでいるって、どういうことですか。どこが悪いんですか」

おあきは、おなつの母である。この頃は、顔を合わせることもないが、小さい頃は、おなつの家へ行くたびに煎餅《せんべい》をくれたりした。まぶたの裏に浮かぶのは、優しい笑顔である。

「どこがどう悪いかはわからないんだけど、ここ何日か臥《ふ》せっているらしいんだよ」

おせんがいまいましげに顔をゆがめる。

「さっき、何の気なしに、おまゆが言ったんだよ。『半田屋のおかみさん、具合が悪いんですってね』ってさ」

おまゆは柴田屋の嫁だ。おせんがしょっちゅう、きよに愚痴をこぼしている話題の人である。

「おまゆの友達が、半田屋さんの近くに住んでいるらしくてさ。腕の立つ鍼灸《しんきゅう》の先生を知らないか、尋ねられたらしいんだよ。お舅《しゅうと》さんがしょっちゅう按摩《あんま》を呼んでいるそうでね」

按摩は揉《も》み治療だけでなく、灸や整骨も行っている。昼夜問わずに町を歩く流しの振《ふり》按摩と、得意先を持つ按摩がいた。盲人の生業《なりわい》として知られているが、晴眼《せいがん》の者もいる。

おせんは歯噛みした。

「あたしが知らないことを自分が知っていたからって、いい気になっちゃってさあ。ものすごい得意顔で『あら、お義母《かあ》さん知らなかったんですか。半田屋の娘さんとは、たまやでよく顔を合わせているでしょうに』なんて鼻先で笑うんだよ」

きよが「そんなことより」と口を挟んだ。

「おあきさんが心配だねえ。あたしもしょっちゅう行き来しているわけじゃないけど、娘同士が友達だから、知らない仲ではないし」

きよはすずに顔を向けた。

「おなつちゃん、最近ご無沙汰《ぶさた》だとは思っていたけど、おっかさんの具合が悪くて出歩けなかったんだねえ」

すずはうなずいた。

「年末年始は、おなつも忙しかったはずだけど……」

習い事の仲間たちと年忘れの会を開いたり、正月の挨拶《あいさつ》回りで半田屋を訪れる客たちの応対を手伝ったり。そんな慌ただしさもすっかり落ち着いたはずだが、まさか母親の具合が悪いとは夢にも思わなかった。

おなつを忘れていたつもりなど、もちろんない。今頃どうしているだろうかと考える時がなかったわけでもないが、おなつは友達が多いので、すず以外の誰かと遊んだりしているのではないかと思っていたのだ。

すずには、たまやの仕事がある。おなつが誘ってくれても、毎回応じられるとは限らない。それは、おなつもよく理解してくれている。

それに、このところ、すずにもいろいろなことがあった。黒いもやが見えたり、蒼が姿を現したり――。

すずは思わずため息をついて、うつむいた。

いつも自分のことだけで精一杯になって、人を思いやることがあと回しになってしまう――そんな自己嫌悪に襲われた。

すずが寝込んでいた時、おなつはしょっちゅう顔を出して、励ましてくれたのに。すずは、おなつのために何もしていない。

「ちょっと様子を見にいってごらんよ」

きよの言葉に、すずは顔を上げた。

「お見舞いに、団子でも持っていっておくれ」

「いつ？」

「今からだよ」

と言いながら、きよは調理場へ戻る。手早く団子を包んで、すずに差し出した。

「でも、店は」

「昼飯時までに帰ってくれれば大丈夫さ」

「だけど、もし混んだら」

「すずちゃん、いいよ、あたしが代わりに手伝うからさ」

おせんが笑いながら、すずの背中を表口に向かって押す。

「あとであたしにも、おあきさんの様子を教えとくれ」

おせんはきよの手から団子の包みを取ると、すずの胸に押し当てた。

「さあ、行っておいで」

「ありがとうございます」

すずは一礼して表へ出た。

最福神社門前の道を、高く昇った朝日が照らしている。歩いていくすずの少し前を、細長い影がうねりながら前進している。

蒼《あお》い姿を見せぬまま、道に影だけを落として、蒼がそっと寄り添ってくれているのだった。

半田屋の勝手口で訪《おとな》いを入れると、すぐにおなつが出てきた。

「すず！　どうしたの、何かあった？」

「おばさんの具合が悪いと聞いて、心配で」

団子を差し出すと、おなつは小首をかしげた。

「鍼灸の先生に来てもらったんでしょう？」

おせんから聞いた話をすると、おなつは苦笑した。

「そんなに大騒ぎすることじゃないのよ。心配かけちゃって、ごめんね。でも、お団子はありがたくいただくわ」

おなつの背中越しに人影が見えた。おあきである。

「あら、すずちゃん？　久しぶりねえ。しばらく見ないうちに、もうすっかり大人だわ」

「おばさん、大丈夫なんですか」

おあきは小首をかしげると、歩み寄ってきた。元気そうな足取りである。顔色も悪くない。

おなつが団子の包みを掲げた。

「わざわざ、おっかさんのお見舞いにきてくれたのよ」

「ええ？」

おあきは怪訝顔《けげんがお》になる。

おなつがじろりと母親を睨んだ。

「とにかく腕の立つ鍼灸の先生を探せっていう、おっかさんの厳命《げんめい》が、ご近所で大げさな話になっていたみたいよ」

「あら、まあ」

他人事のような顔で、おあきは笑った。

「だけど、やっぱり上手な人に治療してもらいたいじゃない」

ひどい腰痛《ようつう》で、しばらくの間おあきは動けなかったのだという。

「突然ぎぎっと激しい痛みが走ってねえ。立つのも地獄、座るのも地獄で、横になっているしかなかったのよ。寝返りも打てなくて、厠《かわや》へ行くのもひと苦労だったんだから」

おなつが肩をすくめる。

「それで、わたしが身の回りの世話を命じられたってわけ。鼻紙を取ってくれだの、茶を持ってきてくれだの、いちいち呼びつけられて大変だったわよ。お客さんのお茶出しも任されてさ」

今度はおあきがおなつを睨む。

「たまやさんと違って、うちは提灯屋《ちょうちん》なんだから、そんなに頻繁《ひんぱん》にお客さんは来ないでしょう。お茶出しくらい、たまには手伝いなさいな」

一変して笑顔になると、おあきはすずに目を移した。

「すずちゃんは、しっかり家業を手伝っているんでしょう。本当に偉いわ。爪《つめ》の垢《あか》を煎《せん》じて、おなつに飲ませてやってちょうだい。この子は、まったく、いい年をして遊び歩いてばかりで」

「そんなこと」

すずは首と手を小さく横に振った。

「でも、すっかり治ったようで、本当によかったですね」

おあきはしみじみとうなずいた。

「長年の疲れが腰に出たみたいでねえ。しばらくの間、大事を取って安静にしていたのよ。また腰が痛くなったらと思うと、今までのように動くのが怖くなっちゃって。店の手伝いも休んでいるの。年は取りたくないけど、こればっかりは仕方ないものねえ」

おあきの鬢《びん》にある白髪が目についた。

「だけど、すずちゃんにまで心配をかけちゃって悪かったわ」

「いえ」

すずは寝たり起きたりだった日々を振り返った。

おあきの腰痛は、龍に生気を吸い取られていたすずの体調不良とは違うが、腰の痛みが引いても、長年の疲れはなかなか取れないのかもしれない。取れたと思っても、またすぐに体がしんどくなったり。

「とにかく、お大事になさってください。絶対に無理はしないでくださいね」

すずのまぶたの裏に、きよの顔が浮かぶ。

きよも、おあきと同年代だ。父がいなくなってから、女手ひとつで育ててくれたきよにだって、疲れは相当溜《た》まっているのだろう。幼かったすずに見せないようにしていた苦労だって、山ほどあったに違いない。

もっと母を支えられるようになるのだ、とすずは心に誓った。

「ありがとう、すずちゃん。せっかく来てくれたんだから、お茶でも飲んでいってちょうだいな」

「店がありますので、あたしはここで」

「長くは引き留めないから、一杯だけ。庭の梅が満開になったから、よかったら眺《なが》めていってちょうだい」

おあきが手早く茶を淹《い》れ始める。

「おっかさん、わたしたち縁側へ行ってるわ」

「寒くないの？　居間からも梅が見られるのに」

「いいの、大丈夫」

おなつが耳元に口を寄せてくる。

「居間にいたら、おっかさんが絶対邪魔しにくるわよ。しばらく家で安静にするって宣言して、友達の見舞いも断り続けていたから、ものすごく暇なのよ。そろそろ店の仕事に戻ると思うんだけど、おとっつぁんが心配して甘やかしてくれるもんだから、味を占めちゃってさ」

「え、なあに？　おなつ、何か言った？」

「ううん、何も」

おなつに手を引かれ、すずは裏庭へ向かった。

二人並んで縁側に腰かけ、見事な白梅《はくばい》の花を眺める。

「綺麗《きれい》ねえ」

「植木屋を呼んで、ちゃんと手入れしているから、よく咲くのよ」

おあきが運んできてくれた茶を飲んで、ほうっと息をつく。

暖かな日差しが縁側に差してくるので寒くはない。晴天の下で花を眺めながら一服《いっぷく》するなんて、本当に贅沢《ぜいたく》なひと時だ、とすずは感じ入った。

「ねえ、何かあった？」

唐突に問われ、すずは戸惑った。

「顔に出ているわよ」

おなつは鼻先で、ふふんと笑う。

「嘘を見抜く力なんかなくたって、お見通しなんだから」

おなつは手にしていた湯呑茶碗《ゆのみぢゃわん》を縁側に置くと、すずに向き直った。

「まさか、わたしの知らないところで色恋沙汰《ざた》があったんじゃないでしょうねえ」

「そんなんじゃないわよ」

宇之助の険しい顔を思い出して、すずはため息をつく。

「ちょっと宇之助さんを怒らせちゃって」

おなつが、ぐいと顔を覗き込んでくる。

「なあに、喧嘩《けんか》でもしたの？」

抱え込んでいるものがあるなら吐き出してしまいなさい、受け止めてあげるから――と言っているような目だ。真剣に案じてくれているのが、よくわかる。

すずはかいつまんで事情を語った。

と言っても、自分にも霊が視《み》えたなどという話をするつもりはない。龍に憑《つ》かれていたことも、きよの他には誰も知らない。

おなつなら、すずを気味悪がったりしないと信じている。けれど事情を伝えれば、よけいな心配をさせてしまうだろう。

だから真実をぼかした。

宇之助の昔の知り合いに偶然会ったが、仲が悪いらしく、とげとげしい応酬《おうしゅう》がくり広げられた。しばらくの間、宇之助はいら立っている様子だったので、相手に言われたことなど気にする必要はない、と励ましたつもりだったのだが、よけいなことを言って怒らせてしまった、と。

本当のことをすべて話したわけではないが、嘘をついているわけでもない。そう自分に言い訳をしながら語り終えると、おなつは訳知り顔でうなずいた。

「宇之助さんって、あまり人に弱みを見せたくない感じだものねえ」

おなつは顎《あご》に手を当て、宙を見やる。

「昔の知り合いって、占いのお客か何か？」

「呪術師だそうよ。あたしも詳しいことはわからないんだけど、昔一緒に仕事をしたことがあるみたい」

「ああ、仕事絡みか」

おなつは膝を叩いた。

「うちのおとっつぁんも、仕事で何かあると、すぐにいらいらするわよ。何も言わずに、黙って放っておくのが一番みたい。うっかり痛いところを突いちゃったりすると、ものすごく怒って大変なんだから」

「おっかさんにも『ちょっと放っておいておやり』って言われたわ」

おなつは大きくうなずく。

「宇之助さんも、そのうち機嫌を直すわよ。何事もなかったような顔で、しれっと一緒にお団子か何か食べるんじゃないの」

「そうかしら」

「帰ったら、もう、けろっとしているかもよ」

そうだといい、とすずは思った。

青空の下で咲く白梅が、風にふるりと花びらを揺らして、うなずいてくれたように見えた。

たまやへ戻ると、宇之助は占いの真っ最中だった。

「そいつぁ、ちょっと待ったほうがいいなあ。勝負時は、もう少しあとみたいですぜ」

客席に座っている中年男が唸《うな》った。かなり裕福そうな身なりである。茶屋で占いを受けるよりは、紹介者を通して「一条宇之助」に依頼しそうな人物に見えるが――仲立ちをしてくれる者がいなかったのだろうか。

「そんなこと言ったって、今すぐ動かなければ、菊丸《きくまる》は他の誰かに身請《みう》けされてしまうんじゃないかね」

客はだいぶあせっている様子だ。

しかし宇之助は札を凝視しながら首を横に振る。

「邪魔するようなやつぁ、札の中に出てきていません。断られるかどうかは、きっと菊丸さんの心持ち次第だ」

「まさか、菊丸の心がわたしにないと言うのか。これまで交わした言葉も態度も、すべて女郎の手練手管《てれんてくだ》だったと？」

悲愴《ひそう》な声を上げる客に、宇之助はからりと笑った。

「それはご自分の目で確かめてみなせえ。菊丸さんの本心を見極めるためにも、今少し時が必要なんですよ」

客は肩を落として札を見つめる。

「菊丸の本心……」

「旦那《だんな》は、ご自分の心の内を菊丸さんに伝えたんですかい」

客が「え？」と顔を上げる。

「菊丸さんだって、これまで交わした旦那の言葉や態度を、客の小芝居だと思っているのかもしれませんぜ。遊郭《ゆうかく》じゃ羽振りのいい独り身を気取ってたって、一歩外に出りゃ女房の尻に敷かれている婿養子《むこようし》だった、なんてやつぁごまんといるだろうしねえ」

客は札の近くに置いた拳を震わせる。

「わたしは嘘なんかついていない。いつだって本気だった」

「菊丸さんに伝わらなきゃ、どうしようもねえでしょう」

客はしばし黙り込んでから、すっくと立ち上がった。

「どれだけ時をかけても、菊丸にちゃんとわかってもらう」

長床几の上に代金を置くと、客は足早に店を出ていった。

笑顔で見送った宇之助の表情からして、きっと占っていた恋は上手くいくのだろう。

「すずちゃん、お帰り」

調理場から出てきたおせんが、占い客の席にあった湯呑茶碗を下げた。今は他に客もいないので、占いの邪魔にならぬよう調理場のほうへ引っ込んでいたらしい。

「おあきさんの具合はどうだった？」

「元気そうでしたよ」

おあきの様子を教えると、おせんが安堵《あんど》の笑みを浮かべた。調理場から顔を出したきよも、ほっと息をついている。

「何はともあれ、ひと安心だ。重病じゃなくて、よかったねえ」

「休める時に休んでおくことは必要だよ」

二人の言葉にうなずいていると、視線を感じた。占い処のほうへ顔を向ければ、宇之助と目が合う。

が、すぐにそらされた。まだ怒っているようだ。

全然けろっとしていなかった——と、すずは心の中でおなつに報《しら》せた。

「あ、いらっしゃいませ」

おせんが表口を見ながら声を上げる。

新たな客だ。印半纏《しるしばんてん》をまとった若い男である。

すずは戸口に駆け寄った。

「どうぞ、こちらへ」

男は口元に手を当てながら口を開いた。

「占いをやってみたくて来たんだがよ」

どうやら初めて占いを受けるようで、緊張の面持《おもも》ちだ。

すずは励ますように微笑んだ。

「占いのお客さまにも、当店の品を何かひとつはご注文いただくことになっておりますが、よろしいですか」

男はうなずいた。

「ああ、聞いてるぜ」

甘酒を注文すると、男は店の奥を見た。「あれか」と呟《つぶや》いて、まっすぐに占い処へ向かっていく。

待ち構えていた宇之助が、にっこりと笑った。

「よお、いらっしゃい」

男を客席へ促すと、宇之助は顎に手を当て目を細めた。

「仕事の悩みかい」

男の肩が、びくりと跳ねた。

「何でわかるんだ」

宇之助は笑いながら小首をかしげる。

「うーん、親方のことじゃねえよなあ」

「お、おう。親方に不満がねえわけじゃねえがよ」

「そうだよなあ」

宇之助は男の手元へ目を移した。

「その手を見りゃ、親方にしごかれているひよっことは到底思えねえ。立派な職人の手だもんなあ」

「いやぁ、おれなんか、まだまださ」

男は照れたように両手をさすり合わせた。

「まあ、客に褒《ほ》められることは増えてきたがよ。おれとしちゃ、もっと仕事に没頭《ぼっとう》しなきゃならねえと思ってるんだ。どんどん上を目指さねえと、周りに負けちまうからな」

すずが甘酒を運んでいくと、男はすぐに口をつけた。ごくりと飲んで、うっと顔をしかめる。

まさか、まずかったのか。大勢の客から「美味い」と言われ続けてきた、たまや自慢の甘酒だが、口に合わなかったのだろうか。

ふと、男がすずを見た。強い眼差《まなざ》しだ。文句をつけられてしまうのだろうか。

すずは歯を食い縛って、ため息を噛み殺した。

宇之助を怒らせ、このお客にも怒られ、今日は厄日《やくび》なのかという気分になる。

「おい、姉さん」

「はい」

たとえ怒鳴られても、茶屋娘の意地で笑顔を見せようと、すずは踏ん張って客に向かい合った。

「水をくれねえか」

すずはきょとんと首をかしげる。

「おれは猫舌《ねこじた》なんだ」

「は――はい、ただいま」

調理場へ入ると、きよがすでに水瓶《みずがめ》から水を汲《く》んでいた。湯呑茶碗を受け取って、すずは客のもとへ運ぶ。

「どうぞ」

「ありがとよ」

水を飲んで息をつくと、男は甘酒をふぅふぅと冷ました。恐る恐る再び口に含んで、ごくりと喉を鳴らす。

「あ、うめえ」

すずは破顔《はがん》して、調理場の入口付近に控えた。占い処と茶屋の客、両方に目配りができる、お決まりの場所である。

宇之助はじっと男を見つめ続けていた。その視線に押されたように、男は甘酒を長床几の上に置いて口を開く。

「さっきの、親方に不満がねえわけじゃねえって話だけどよ」

宇之助はうなずいて、話の先を促す。

「親方は、おれにだけ弟弟子の面倒を見させるんだ。『平次《へいじ》、おまえに頼んだからな』なんて言ったあとは、まったくの知らん顔さ」

弟弟子は三人いるが、その中の小太郎《こたろう》という男にいらついてたまらないのだ、と平次はこぼした。

「他の二人に比べて、とんでもなく仕事が遅えんだ。掃除ひとつ満足にできやしねえ。何度言っても、全然覚えねえしよ。おれは朝から晩まで、そいつに振り回されっ放しだ」

平次は大きなため息をついた。

「やってらんねえぜ、まったく」

「平次さんの他にも、下の者の面倒を見れそうな者がいるんだよなあ？　どんどん上を目指さねえと、負けちまいそうなやつがよ」

平次はうなずいた。

「安蔵《やすぞう》ってやつがいるんだ」

同じ年に生まれ、同じ年に奉公に上がった男だという。

「おれたちは立派な指物師《さしものし》になるため、何年も厳しい修業を積んできた」

指物師は、板を組み合わせて家具や器具を作る職人である。机や長火鉢《ながひばち》、煙草盆《たばこぼん》や三味線《しゃみせん》箱など、さまざまな物を作る。

「おれと安蔵は、小僧の頃から何でも張り合ってきてよ」

朝起きてから顔を洗うまでの速さ、飯を食う速さ、仕事場を片づける速さ、布団を敷く速さ——とにかく何でも競い合ったのだという。

「だが、勝負はつかねえ」

今は同じくらいの腕前だが、平次が弟弟子の面倒を見ている間に、安蔵はどんどん先へ行ってしまう。

「そのうち、手の届かねえ高みに上り詰められちまうんじゃねえかと思うと、気が急《せ》いてたまらねえ」

弟弟子——特に小太郎がへまをやらかすたびに、尻拭《しりぬぐ》いをさせられて、時が無駄に過ぎていく。自分の仕事に向かい合う大事な月日が、がりがりと音を立てて削られていく、と平次は嘆いた。

「あせるなんてもんじゃねえぜ」

平次は長床几の上に手をついた。

「だってよ、おれが小太郎の面倒を見ている間、安蔵は自分の仕事に専念しているんだぜ。おれだけが弟弟子の面倒を見なきゃならねえなんて、ひでえじゃねえか」

平次は長床几を叩いた。水と甘酒の茶碗が、かたっと音を立てて揺れる。

宇之助は目をすがめた。

「いらいらして、どうしようもなくて、弟弟子に当たってんのかい。殴ったり、蹴ったりしてよぉ」

「殴ってはねえよ！」

宇之助をさえぎって、平次が叫んだ。

「ただ、ちょっと、怒鳴っちまうだけだ」

それは悲鳴のような声だった。

平次は泣いているのではないか、とすずは一瞬思った。

「おれだって、親方に怒鳴られたり、拳骨《げんこつ》を食らったりしながら、今日までやってきたんだ」

言い訳のように平次は続ける。

「拳骨を食らうたびに強くなれる、って笑いながら言ってた兄弟子もいたぜ」

平次は長床几の上で拳を握り固めた。

「兄ぃがいれば、おれだって、もう少しましになれるのに」

平次を可愛がってくれた兄弟子は独立し、江戸を離れて国元へ帰ったという。

「あいつらがいるから……」

弟弟子たちの顔を思い出しているように、平次は口元をゆがめた。貧乏揺すりが始まる。

「小太郎のせいで、おれは行き詰まっちまってるんだよ！」

宇之助はうなずいた。

「今日占いたいのは、小太郎さんをどうにかしてえってことかい」

平次は虚《きょ》を衝《つ》かれたような表情になる。

宇之助は淡々と続けた。

「辞めさせてえのか。それとも、物覚えが悪いやつに罰を与えて、自分の不甲斐《ふがい》なさを思い知らせてえのか」

平次は首を横に振る。

「辞めさせようとまでは思っちゃいねえよ。何でこんな不器用なやつが指物師の道へ進んだのかと思って、本人に聞いてみたことがあったんだ。そうしたら」

――近所の婆《ばあ》ちゃんが、桐《きり》の箪笥《たんす》をものすごく大事にしてて。引き出しが壊れた時に、指物師が直してくれたそうなんです――。

それは親から引き継いだ、思い出の品だったという。自分の代でこの箪笥も終わりか、とあきらめていた老婆《ろうば》だったが、駄目で元々と思い、指物師に相談した。

──そうしたら、見事に修理してくれたそうなんです。ずいぶん親身になって話を聞いてくれたって、婆ちゃんは喜んでいました──。

老婆は嬉しさのあまり、身内だけでなく近所の者たちにも指物師の話を広めた。

そして可愛がっていた小太郎に言ったのだ。

──誰かを喜ばせる仕事ができる人はすごいねえ。小太郎ちゃんも、大人になったら、そんな人におなり──。

指物師になれと言われたわけではない。だが小太郎は、その話を聞いた時すぐに、指物師になりたいと思ったのだ。

──だから、おれ、頑張ります──。

にっこり笑いながら語った小太郎に、平次は閉口した。

「心底から、うんざりしたぜ。この先もずっと、こいつの面倒を見なきゃならねえのかと思ってよ」

と同時に、独立した兄弟子はどうやって小太郎に物を教えていたのか、という疑問が湧いた。その兄弟子が去るまでは、平次も自分だけの仕事に邁進《まいしん》できていたのだ。兄弟子が平次に、弟弟子の面倒を一緒に見るよう求めてきたことは一度もなかった。

「おれは、兄ぃのようにはできねえ」

兄弟子はいつも笑顔で、周りの緊張を解くのが上手かった。平次が親方にこっぴどく叱《しか》られたあとは必ず声をかけてきて、明るく励ましてくれた。

――親方の拳骨は、とんでもなく痛えよなあ。だけど、あの人は、見込みのねえ者を叱ったりはしねえ。世間の荒波は、親方の指導より厳しいだろう。だから、おれは拳骨を食らうたびに強くなれる、って自分に言い聞かせているんだ。親方のしごきに耐えられたら、怖い物なしだぜ――。

「なあ、そうだろ、って笑う兄ぃのことが、おれは大好きだった。兄ぃがいるから、みんな頑張ってこられたんだ。兄ぃがいなくなったとたん、仕事場はどんより暗くなっちまってよ」

平次は悔しそうに、拳で腿《もも》を打つ。

「おれなんかが弟弟子の面倒を見たって、みんなに嫌われるだけだ。安蔵のほうが、よっぽど上手くやるだろうよ。あいつはむやみに怒鳴ったりしねえからな」

特に小太郎は、安蔵が教えたほうがいい、と平次は続けた。

「おれは小太郎に一番きつく当たっちまうからよ」

平次が小太郎と同じくらいの時期には、倍の速さで――いや、物によってはもっと速く仕事をこなしていた。仕上がりだって雲泥《うんでい》の差だ。

「決して自分に甘い評定じゃねえつもりだぜ」

誰がどう見ても同じ意見が出るはずだ、と平次は断言した。厳しい修業の中で積み上げてきた確固《かっこ》たる自負《じふ》があるのだろう、とすずは思った。

平次はもう一人前の職人だ。親方の下にいなくてもやっていけるのではないだろうか。

「指物師になりてえっていう小太郎の気持ちに、嘘はねえだろう。けどよ、甘過ぎるんだよ、あいつは」

平次は吐き捨てるように言う。

「憧《あこが》れだけじゃ、仕事はできねえ。誰かを喜ばせる仕事なら、他にもあるはずだろう。何で、指物師なんだよ。小太郎の実家は菓子屋なんだから、菓子を作ったっていいはずだ。跡を継ぐ兄貴がいるなら、暖簾《のれん》分けだって何だって――」

平次はあえぐように息を吸って、天井を仰いだ。

「おれに小太郎の面倒は見切れねえよ。自分のことだけで精一杯なんだ」

深く息を吐きながら、平次はうなだれる。

「兄ぃみてえに、自分をあと回しにすることなんてできねえ」

宇之助は真正面に座る平次をじっと見据えた。

「つまり、自信がねえんだな」

平次の両肩が小刻みに震えた。

「あんたが負けたくねえのは、安蔵さんだけかい」

平次の過去を探るように、宇之助は目を細めた。

「親——兄弟——平次さんの身内は、みんな指物師かい」

平次は顔を上げた。

「祖父《じい》さんも、伯父《おじ》さんも、従兄弟《いとこ》たちも、みんな指物師さ」

宇之助は訳知り顔でうなずく。

「誰よりも立派な指物師になれ、と小せえ頃から言われ続けてきたんだな」

宇之助の視線から逃げるように、平次はうつむいた。

「安蔵なんかに負けてる場合じゃねえんだ。おれは誰にも負けられねえんだからよ」

宇之助は小首をかしげて平次の顔を覗き込む。

「勝ち負けは、いったい誰が決めるんでぃ？」

「誰って——」

二の句が継げずに、平次は腰を引いた。一人がけの床几が、ぎぎっと音を立てて後ろに下がる。

平次を追い詰めるように、宇之助は身を乗り出した。

「あんたは、いったい、誰のために指物を作ってるんだ？」

「は……」とため息のような声が、平次の口から漏れる。

「誰のためって、そりゃ」

平次は床几の位置を戻して、深く座り直した。

「おれは、いつだって客のために」

「だが、あんたの口から客という言葉が出てきたのは一度きりだぜ。『客に褒められることは増えてきたがよ』としか言ってねえ」

平次は、うっと息を詰まらせる。

宇之助は懐《ふところ》から花札《はなふだ》が入っている小箱を取り出すと、長床几の上に置いた。

「さあ、何を占う？」

平次はごくりと唾《つば》を飲んで、小箱を見つめた。

「どうしたら、いい指物師になれるのか」

「あんたの思う『いい職人』って何だい」

「人に喜んで使ってもらえる物を作り続けられるやつだ」

花札に訴えかけるように、平次は続けた。

「おれは、いったい、どうしたらいい？　本当は、小太郎を怒鳴ったりもしたくねえんだ」

宇之助はうなずくと、箱の中から花札を取り出した。手際よく切って、札の絵柄を伏せたまま、右手でざっと川を描くように長床几の上に広げる。

平次は目を左右に動かして、札の端《はし》から端までを見つめた。

宇之助が左手の人差し指をぴんと立てて額《ひたい》の前にかざす。しばし瞑目《めいもく》してから、静かに目を開け、左手で一枚を選び取った。

表に返された札が、平次の前に置かれる。

「芒《すすき》に雁《かり》――」

宇之助は札の絵を凝視して、くいと口角を上げた。

「これは平次さんのために親方が置いた壁だ」

札に描かれた芒を指差して、宇之助は続ける。

「高い壁を置いたつもりなんて、親方にはまったくねえんだ。平次さんなら必ず乗り越えると、何の疑いもなく信じ切ってる」

平次は頭を振った。

「嫌がらせの間違いじゃねえのか。親方は、安蔵の仕事ばかり大事にするじゃねえかよ。安蔵を、自分の跡継ぎにでもする気なんじゃねえか」

「それは違う」

宇之助の指先が、札に描かれた雁たちのほうへ移った。

「平次さんは、雁という鳥を知ってるかい」

「渡り鳥だろう」

平次は即答する。

「ななめに列を成して飛んでいくことを『雁行《がんこう》』って言うよな」

宇之助はうなずいて、一羽の雁の頭に指を載せた。

「先頭を飛ぶのは、どんな雁かわかるかい」

「どんなって……」

平次は腕組みをして、宇之助が指差す雁を見つめる。

「やっぱり一番強えやつなんじゃねえのか。みんなを引っ張っていかなきゃならねえんだからよ」

「よくわかってるじゃねえか」

宇之助は札を手にすると、平次に向かって掲げた。

「親方は、今いる弟子の中で、先頭を飛ぶ雁は平次さんしかいねえと思ってるんだ」

「は？」

眉根《まゆね》を寄せる平次に構わず、宇之助は続ける。

「親方は、弟子たちの扱いに差をつけようなんざ微塵《みじん》も考えちゃいねえ。だが、相手の力量によって与える仕事が違うのは仕方がねえ、それが当然だと思っているんだ。平次さんだって、自分と小太郎さんに与えられる仕事が同じじゃ納得いかねえだろう」

「ちょっと待て、言ってることはわかるがよ」

平次は額に手を当て、気持ちを落ち着かせるように目を閉じた。

「おれと安蔵の力量に差はねえだろう」

「いや、親方はそう思っていない」

「何だって」

平次は目を開けると、睨むような眼差しを宇之助に向けた。その視線を、宇之助は平静に受け止める。

「親方から見て、安蔵さんは、先頭のすぐ後ろを飛ぶ雁なんだ」

先頭の雁は、風のあおりを最も食らう。だから疲れやすく、時には列の後ろへ下がらねば身が持たない。すぐ後ろを飛んでいた雁は、先頭が疲弊して下がると前へ出て、今度は自分が先頭になる。

「雁の先頭は時々入れ替わるんだ。だが今の安蔵さんには、まだ先頭に出るだけの力がねえ。だから平次さんを風よけにして、力をつけるしかねえのさ」

「何だよ、それ」

「先頭は過酷だ。群れを守りながら飛ぶんだからな」

宇之助は札を平次の目の前に置いた。

「だが、一羽より、群れのほうが遠くまで飛べる。親方は、それを知っていなさるんだ」

平次は目をしばたたかせた。

「遠くまで飛べる……」

「国元へ帰った兄弟子は、ちゃんと指物師を続けているんだよなあ？」

平次はむっとしたように唇をすぼめる。

「当たり前じゃねえか。兄ぃの腕がありゃ、どこでだってやっていけるぜ」

宇之助は大きくうなずいた。

「親方は、どこへ出しても恥ずかしくない指物師を、この先も数多く育てようとしている。どうしてか、わかるかい」

平次は自信なげに首をかしげた。

「指物師という仕事を何百年も、いや何千年も、残したいと思っているのさ」

「は……」

途方もない道のりの前に突然放り出されたような顔で、平次はぽかんと口を開けた。

宇之助は目を細める。

「千年以上続く神社だってあるだろうよ。きちっとした手入れは欠かせねえが、伊勢《いせ》神宮や浅草寺《せんそうじ》が百年後になくなっちまうと思うか？」

平次は戸惑ったように視線をさまよわせる。

「いや、だがよ……それなら、親方は何で、小太郎みてえなやつを弟子に取ったんだよ。そんなでけえことを考えているんなら、見込みがあるやつだけ仕込めばいいじゃねえか。どんなに努力したって、才のねえやつは残れねえだろう」

宇之助は首を横に振った。

「小太郎さんは、ちゃんと群れの中に残れる、と親方は思っているのさ」

まさか、と言いたげな顔で平次は苦笑する。

「平次さんは『雁風呂《がんぶろ》』ってのを知っているかい。津軽《つがる》のほうの風習らしいんだがよ」

「いや」

「浜辺に落ちている木の枝を拾い集めて風呂を焚《た》くことを、そう呼ぶんだってさ」

渡り鳥である雁は、小枝をくわえて海の上を飛ぶ。羽を休める時は、小枝を海の上に浮かべて、止まり木にするのである。

「海を渡った雁たちは、陸に辿《たど》り着くと、くわえていた小枝を落とす」

浜辺には、雁たちの落とした小枝が散らばる。

「翌年の春、北へ帰る時に、雁たちはまた、その小枝をくわえて飛んでいくのさ」

もし小枝が浜辺に残っていれば、それは持ち主であった雁の死を意味する。小枝が多ければ多いほど、その年に生き残れた雁は少なかったということになるのだ。

「海の近くに住む者たちは、浜辺に落ちている小枝に雁の死を見て、哀れんだ」

そこで小枝を拾い集めて風呂を焚き、雁を供養《くよう》するようになったのだといわれている。

「親方が破門《はもん》しねえってこたぁ、小太郎さんはまだ小枝をくわえているのさ」

「だけどよ」

「平次さんの技量は、自分が思っているよりずっと高えはずだぜ。身内がみんな指物師で、小せえ頃から目が肥えているんだろう。遊びながら木を触っていたんじゃねえのかい」

平次はうなずいた。

「家に木材がたくさんあったからな。兄貴たちの真似《まね》をして、箱を作ったりしてたぜ。小せえ頃は、木の癖がよくわからなくて、全然上手く組み立てられなかったけどよ」

「木の癖ってやつは、一朝一夕《いっちょういっせき》じゃつかめねえよなあ」

「そりゃあ、おれだって何度も失敗をくり返してよ」

「小太郎さんも同じなんじゃねえのかい」

平次は不満そうに顔をしかめる。

「親父さんや兄さんたちは、小せえ頃の平次さんに何も教えちゃくれなかったのかい」

「そんなことはねえよ。だけど子供の遊びだったから」

「遊ばせながら、上手く教えてくれてたんだろうなあ」

「それは……」

思い当たる節があったように、平次は黙り込んだ。

「きっと赤子をあやすように、何度もくり返し教えてくれたんだろう」

宇之助は長床几の上に広げた札へ目を向けた。

「何事も、最初からすんなり上手くはいかねえさ。ちょっとやってみて駄目だと、すぐにあきらめちまうやつも多い。人の心ってえのは、ぽっきり折れやすいものだからなぁ」

平次は黙って聞いている。

「怒鳴られ続けてもめげねえ小太郎さんは、ひょっとして将来、大化けするかもしれねえぜ。世の中は、最後まであきらめねえやつが生き残るんだ」

平次は微笑とも苦笑ともつかぬ笑みを浮かべた。

「人を教える才なんて、おれにはねえよ」

「親方の期待に応える気はねえってのかい」

「一人でやっていく職人だっているだろう」

「空を飛ぶ雁のように、もっと高いところから物事を見な」

宇之助が再び札の中の雁を指差す。

「いい職人は、目の前の壁から絶対に逃げたりしねえ。同じ道を歩む後進のことまで、しっかり考えるはずだぜ」

平次は唇を引き結んだ。

「遠くまで飛ぶんだ。優れた技量を持つ平次さんが引っ張っていけば、みんな向上できる。十回やって駄目なら百回、百回やって駄目なら千回やるんだ。何年もかけて築き上げたものは、簡単に崩れたりしねえ」

宇之助の言葉に、平次は自分の両手を見つめた。

「昔、親父が言ってた。親方のところへ預けられる、もっとずっと前の話だ。親父たちみてえに上手く箱を組み立てられなくて、悔しくて、癇癪《かんしゃく》を起こしたおれに」

――ちょっとやそっと板を触ってみただけのおめえが簡単に組み立てちまったら、おれの長年の苦労は何だったんだって話になっちまうわな。いずれ、いい修業先を見つけてやるから、おめえもせいぜい苦労しな――。

「苦労の中に楽しみを見出せるようになった時、やっとおれも一人前になれるんだって」

宇之助はうなずいた。

「いい親父さんだなあ」

宇之助の声に、どこかうらやましそうな響きが含まれているように聞こえたのは、すずの気のせいか。

札に向かって、平次はそっと手を伸ばす。そこに描かれた雁たちに触れようとして、やはり触れてはいけないと思ったように、手を引っ込めた。

「だけど遅くはねえのかな。小太郎は、散々怒鳴りつけたおれを嫌っているだろう。嫌いなやつの指導なんて、もう受けたくねえんじゃねえのか」

宇之助は札を見つめながら、首を横に振った。

「小太郎さんは、平次さんを嫌ってなんかいねえ。むしろ慕っているはずだぜ」

「まさか」

宇之助は身を乗り出して札を凝視する。

「へえ……小太郎さんは根性があるなあ。平次さんについていこうと必死だぜ。平次さんに食らいついていけば、自分も絶対に何とかなると思って、嬉々《きき》として板に触っていやがる」

そんな小太郎の姿が札の中に視《み》えているのだろう、とすずは思った。

宇之助は顔を上げて、平次を見る。

「怒鳴ったあと、小太郎さんに甘い物をやったりしちゃいねえよなあ？　板を触りながら、口をもぐもぐ動かしている姿が札の中に視えるんだが」

「は？」

平次は札に顔を近づけた。

「何も見えねえぜ。それに、甘い物なんか……あっ」

平次は身を起こした。

「思い当たることがあるんだな？」

平次は口元を押さえる。

「いや、だけど、あれは」

小太郎のために買った物ではないのだという。

「怒鳴って、いらいらすると、無性に甘い物が食いたくなるんだ。それで、よく饅頭《まんじゅう》や大福を買って食うんだけどよ」

宇之助は微笑んだ。

「確かに、大福はいい。餡《あん》が脳《なずき》にじわりと染みていく感じがたまらねえよなぁ。甘い物は、心の乱れを鎮《しず》める薬みてえなもんだ」

実感のこもり過ぎた宇之助の声に、平次は戸惑ったような顔になる。

「お、おう。それで、おれもよく甘い物を買うんだがよ。いらいらした勢いで注文するせいか、いつも馬鹿みてえに買い過ぎちまうんだ」

一人で食べきれない分を持てあまし、捨てるわけにもゆかず、弟弟子たちにやるのだという。

「別に、小太郎に渡したわけじゃねえぜ。みんなで食いな、って別のもんに渡したんだ」

「小太郎さんは、それを、平次さんが自分のために買ってくれたんだと思っているみてえだぜ」

平次は頭を振った。

「馬鹿じゃねえか、あいつ」

「けど『小太郎にはやるんじゃねえぞ』って言って渡したわけじゃねえよなあ。小太郎さんの口にも入ると知ってて、やったんだろう」

「おれはそこまで狭量《きょうりょう》じゃねえよ」

照れたように顔をしかめる平次を見て、すずは微笑んだ。

平次が自分のために甘い物を買ったという話は本当だ。しかし買う時には、きっと小太郎の顔が頭に浮かんでいたのだろう。

おなつに言われた言葉が、すずの耳の奥によみがえる。

——嘘を見抜く力なんかなくたって、お見通しなんだから——。

あの時のすずも、今の平次のようにわかりやすい表情をしていたのだろうか。

平次は咳払《せきばら》いをして、宇之助に向き直った。

「それでよ、怒鳴るのをやめるには、どうしたらいいんだ」

宇之助は表情を引きしめて、居住まいを正す。

「何で怒鳴りたくなったのか、その気持ちを相手に伝えるんだ」

「できるわけねえだろ、そんなの！」

平次は腰を浮かせた。

「相手は弟弟子だぜ。自分に余裕がないからいらいらしちまっただなんて、そんな、弱みを晒《さら》すような真似をしたら、舐《な》められちまうだろうがよ。安蔵を見てあせってるとか、自分の将来に不安になってるとか、そんな情けねえ姿を見せられるかってんだ」

宇之助はゆるりと首を横に振る。

「自分の弱さを受け入れられなければ、真の強さは手に入らねえ。平次さんが誇りだと思っているものは、糞《くそ》みてえなおごりだ。何の役にも立たねえどころか、前へ進むことを阻《はば》んでいるぜ」

平次が宇之助を睨みつける。

宇之助は平然とした面持ちで、まっすぐに平次を見上げた。

「そのまんまの自分を晒すことが、そんなに怖えか。いつまでも、怒りをぶつけることしかできねえ自分のまんまでいいのかよ」

激しく葛藤《かっとう》しているように、平次の顔がゆがむ。怒鳴り出したい衝動をこらえるように、何度も口を開閉した。

「あせりも、不安も、いっそ晒しちまったほうが楽になるぜ。必要以上に自分をでかく見せる必要はねえんだ」

平次は札の前で頭を抱えた。

「おれは……」

「周りと自分を比べたりするな。比べるんなら、過去の自分と今の自分を比べな」

できなかったこと、できるようになったこと、何でもいいから紙に書き出せ、と宇之助は続けた。

「これからなりてえ未来の自分も、紙に書き出すんだ。鮮明に思い浮かべることができた場面は、いつかきっと訪れるぜ」

「本当かよ」

「ごちゃごちゃ言ってねえで、とにかくやれよ。手を動かすのは得意だろう」

平次は、ふんと鼻を鳴らした。

「指物師は、手を動かすのが仕事だからな」

ふと、物音が聞こえた気がして、すずは札に目をやった。

札に描かれた雁たちが一斉に羽ばたいて、芒の生《お》い茂る山を越えていく姿が視えたような気がした。

❀

たまやを出た平次は、帳屋《ちょうや》（文房具屋）へ向かった。

がらん堂に言われたことがすべて本当かわからないが、何だか気が晴れたのだから、やはり占いを受けてよかったのだろう。客に品を納めてから、こっそり寄ってみた甲斐《かい》はあった。

――ごちゃごちゃ言ってねえで、とにかくやれよ――。

がらん堂にそう言われた時は、どきっとした。いつも自分が小太郎に向かって叫んでいた言葉だったのだ。

「過去……現在……未来」

紙に書いたら、何か変わるのだろうか。

「とにかくやるしかねえよなぁ」

自分に言い聞かせるように独《ひと》り言《ご》つ。

偉そうに人に「やれ」と命じておいて、占い師に言われたことを自分がまったくできないだなんて、恥ずかしいだろう。

薦《すす》められたのは、自分のことを紙に書くだけなのだ。隠し箱を仕込んだ箪笥を作れ、などと言われたわけではない。

一番安い帳面を買って帰る途中、饅頭屋が目に入った。

今はいらついていないので、甘い物が食べたいわけではないのだが——気がつくと、平次は饅頭屋の前にいた。

「いらっしゃいませ」

愛想のいい女将が声をかけてくる。平次が注文すると信じ切っているような顔つきだ。戸口の真ん中にでんと突っ立っているので、客と思われて当然なのだが。

「ええと」

いくつ買おうか迷う頭の中を、同じ屋根の下に暮らす者たちの顔が次々に流れていく。親方、おかみさん、安蔵、弟弟子たち……その中には、しっかりと小太郎の顔もあった。

「ったくよぉ」

人数分の饅頭を買って、帰路に就《つ》く。紙袋に入った饅頭が、ずしりと重く感じた。

だが今の平次には、その重みが心地よく感じる。

帰ったら、自分の仕事にかける時をもっと捻出《ねんしゅつ》したいのだと、弟子たちに話してみようか……。

などと殊勝《しゅしょう》に思っていた平次だったが、仕事場を見た瞬間、怒髪天《どはってん》を衝く怒りが腹の底から込み上げてきた。

「てめえ、何やってんだ！」

二十本ほどの鑿《のみ》が床に散らばっているのだ。空の道具箱を手にした小太郎が、半べそをかきながら床に膝を突いている。

「あ、兄ぃ、すんません。転んじまって」

「馬鹿野郎っ」

平次は部屋の戸口で声を張り上げた。

「道具は職人の命だって、何度言わせるんだ！　死んでも落とすなって、この前も言ったばかりだろうがよっ」

「へい、すんません」

「おれより先に、道具に謝れ！　床に額をすりつけて詫《わ》びを入れろってんだ、この野郎！」

小太郎は正座すると、空の道具箱を膝の脇に置いて床に手をついた。

「道具のみなさん、本当に、いつもすんません」

深々と頭を下げて、床に額を押し当てる。

平次は額に手を当て瞑目した。

「おい、『道具のみなさん』って何だよ」

小太郎は顔を上げて笑う。

「先日、兄ぃが『道具は大事な相棒だ』っておっしゃってたもんで、ひとつひとつに名前をつけてみたんですよ。鑿太郎《のみたろう》、鑿次郎、鑿三郎——ってな具合にね」

くらりと目まいがした。

「それじゃ鉋《かんな》は、鉋太郎、鉋次郎、鉋三郎とでもいうのかよ」

「さすが兄ぃ、よくおわかりで！」

小太郎が嬉しそうに手を叩いた。

平次はため息をついた。本当に自分は、こいつを指導できるのだろうか、という思いが込み上げてくる。

他の弟子たちは壁際に寄り集まって、ちらちらと平次の顔色を窺《うかが》っていた。平次の雷が自分たちにまで落ちてこないだろうか、と恐れているような表情だ。

「兄ぃ、見てください」

鑿を片づけ終えた小太郎が、仕事場の隅から箱を持ってきた。

「硯《すずり》箱か」

小太郎の習作である。

「はい。さっき親方に見てもらったら、なかなかよくできていると褒めていただきました」

「ふ……ん」

抱えていた饅頭の袋を小太郎に渡して、平次は硯箱を手に取った。じっくりと隅々まで眺め回す。

「まだまだ売り物にはできねえな」

だが以前に比べると、だいぶいい。ほぞと、ほぞ穴も、しっかり噛み合っている。

「木目《もくめ》の美しさを、もっと活《い》かせるようにしろ。木取りが甘えんだよ、おめえは」

「はい」

小太郎はしょんぼりと肩を落とす。さっき親方に褒めてもらったので、平次にも褒めてもらえると期待していたようだ。

しかし、まだ売り物にできる域に達していないのは事実だ。おだてることなどできない。

硯箱を小太郎に返すと、饅頭の袋を差し出してきた。

平次は受け取らず、他の弟子たちを顎で指した。

「あとでみんなで食いな。親方やおかみさんたちの分もあるから、配っとけよ」

「はいっ」

小太郎は満面の笑みを浮かべて仲間を振り返る。

「兄ぃから、お土産だ！」

仕事場に、わっと歓声が沸いた。

ふと、がらん堂の言葉を思い出す。

――怒鳴られ続けてもめげねえ小太郎さんは、ひょっとして将来、大化けするかもしれねえぜ――。

平次は目を細めて、饅頭に飛びつく弟弟子たちを見やる。

「どうだかなぁ」

帰宅の挨拶をするため、平次は親方の部屋へ向かった。


戸口で平次を見送って、振り返ると、宇之助がじっとすずを見ていた。いかにも物言いたげな、じっとりした視線だ。

すずは少々身構える。

「何でしょうか」

「いや……」

何か言葉を続けたようだが聞き取れなかった。

すずが占い処の前に立つと、宇之助がじっと見上げてくる。

「今朝は悪かった」

目を合わせて言われ、すずは戸惑う。

「先ほどの客に、おれも思うところがあってな」

「あ、いえ、そんな」

すずは頭を下げる。

「あたしも、差し出口を叩いてしまって」

「心配してくれたんだろう」

身を起こすと、宇之助が柔らかな笑みを浮かべていた。

すずも微笑む。たまらなく、ほっとした。ちゃんと気持ちが伝わって嬉しい。

きよが調理場から顔を出す。

「宇之助さん、そろそろお昼にするかい。すずも賄《まかない》を食べちまいな」

「おれはいい」

きよが首をかしげる。

「お客がいない今のうちに、ささっと食べといたほうがいいんじゃないのかい」

「今日はもう店じまいにしようと思ってな」

宇之助は立ち上がった。

「寝不足が続くといかんから、帰って氣《き》を整えるつもりだ」

きよが納得したようにうなずく。

「それじゃ握り飯を持って帰りな。団子も包んであげるよ」

「悪いな」

きよが渡した風呂敷包みを持って、宇之助は表へ出る。

すずは戸口に駆け寄って、声をかけた。

「明日の朝は一緒に食べられますか？」

宇之助が振り返って、うなずく。

「ああ、頼む」

「はい」

小さくなっていく宇之助の後ろ姿を、すずは通りで見送った。

すずの背後から、すーっと蒼が姿を現す。小さな姿で、すずの横に並んだ。

〈うーむ〉

犬のような低い唸り声を上げた。

すずは蒼を見つめる。

「どうしたの、何か気になることでもあるの？」

〈我に甘酒を捧《ささ》げよ。甘酒を所望《しょもう》だ！〉

蒼が顔の周りを飛び回る。

〈早くしろ〉

「はいはい、ちょっと待ってちょうだい」

急かされて、すずは調理場へ向かった。


宇之助はたまやを出ると、城の方角へ向かった。目指すは、半蔵門《はんぞうもん》の近くにある町家だ。きよがくれた握り飯と団子は道端で食べた。

浅草橋を渡り、足早に進んでいく。空を飛ぶ法力《ほうりき》でも使えたら、一足飛びに城を越えていきたい心境だ。

駆け足になった。

これはいったい、どんな流れだ、と宇之助は考える。

もう二度と会うこともないだろうと思っていた男たちに先日会い、今日また自分から会いにいこうとしている。

一年前を掘り起こすために。

それは宇之助にとって、非常に大きな苦痛を伴《ともな》うものだった。

できることなら忘れてしまいたい——しかし忘れることなど許されない事件だ。

自分のせいで、人生が狂ってしまった者がいる。

宇之助は懸命に両腕を振って、足を速めた。どうしても力んでしまうせいで、思うような速さで前へ進めない。それでも懸命に両足を動かした。

勢いよく駆けていく宇之助を、すれ違う人々が避けていく。今の自分は、たとえ何かにぶつかっても止まれないだろう、と宇之助は思った。

先ほどの占い中、弟弟子に当たってしまう平次に、宇之助は自分の姿を重ね合わせていた。自分を心配してくれたすずに「よけいな口を出すな」と言ったのは、半分以上が八つ当たりだ。今はそっとしておいてほしいと思うことがあっても、もっと違う言い方があっただろうに。

走り続けているうちに、息が上がってくる。

情けなさが込み上げた。

まともな暮らしに戻ったつもりでいて、このざまだ。毎日のように魔を祓っていた頃は、ひと晩中でも駆け回っていられるほどの体を作っていた。

光矢は今でも、厳しい鍛練《たんれん》を欠かしていないはずだ。

強靱《きょうじん》な心身がなければ、魔と戦うことはできない。

小野屋に光矢が飛び込んできた瞬間、正直、助かったと思った。

光矢に指摘された自分の甘さは、頭ではわかっているつもりだ。いまだに直せていないことも……。

しかし、なぜ、光矢は自分を助けたのか。

異国の霊障を調べ回っているうちに小野屋へ辿《たど》り着いたのだろうという推量は当たっているはずだが、宇之助を邪魔《じやま》者と思っているならば、わざわざ助ける必要があっただろうか。宇之助が悪霊に倒されたあとで乗り込んできても、よかったはずだ。

一年前、光矢にはめられたと思ったのは間違いだったのだろうか……。

光矢に聞いても答えるはずがないので、杉崎《すぎざき》天馬を問いただそうと思った。

目当ての家の前に立つと、宇之助は隅々までじっくりと建物を眺め回す。

隙のない結界が張られていた。

何人《なんぴと》たりとも許可なく中へは入れぬぞ、という光矢の強い意志を感じる。

真正面から訪いを入れてみるか――と宇之助が思った瞬間、何者かが背後に立った。

「やあ、来たね」

天馬の穏やかな声が、真後ろで響いた。

さすがは御庭番《おにわばん》――将軍直々《じきじき》の命を受ける密偵《みってい》である。気配を消すのはお手の物だ。

振り返ると、天馬が優しげな笑みをたたえて立っていた。昔と変わらない笑顔である。

「やはり引き合うのかな」

天馬は両手の人差し指を立てると、自分の顔の前でぴたりと合わせた。

「力がある者同士、磁石みたいにさ。離れたり、くっついたり」

「一年前のことを聞きたい」

宇之助の言葉に、天馬の眉尻《まゆじり》がわずかに下がった。

「あまり言いたくはないのだけどね」

天馬は目を細めた。

「あのままでは宇之助が潰れてしまうと、わたしたちは思っていたんだ」

「光矢だけではなく、おまえもか」

「そうだよ」

天馬は即答した。

「だから上に進言したのさ。一条宇之助を任務からはずすべきだ、とね」

宇之助は天馬を睨みつけた。

「じゃあ、おれを陥《おとしい》れたのは、光矢ではなく、おまえだったのか」

「先日、小野屋で会った時も言ったけれど、やはり宇之助には町の占い師が合っているよ」

「おれの質問に答えろ」

天馬は笑みを深めた。

「物事は、片側からだけ見てもわからない。宇之助の占いだって、同じじゃないのかい。

札の解釈はさまざまなんだろう?」

　天馬が、ぽんと宇之助の肩に手を置いた。

「もし何かあったら、わたしを頼ってくれ。宇之助には、もっと人を頼ることが必要だよ」

　振り払おうとする前に、天馬の手は離れた。

「新しい仲間もできたようだし、よく覚えておくといい。頼られなかったほうも、心が痛むのだとね」

　それから、と天馬は続けた。

「独り善《よ》がりは危険だよ。特に、あの娘――すずと言ったっけ。どんなに強い守護がついているといったって、しょせん人間なんだ。死ぬ時は死ぬ。もちろん、わたしも、おまえもね」

　肝心の問いに答えぬまま、天馬は音も立てずに表戸を引き開け、家の中に入っていった。

　閉じられた戸の前に、宇之助は立ちつくす。

　天馬を引き留めることはできなかった。

本書を執筆するにあたり、左記の方々に多大なる協力をいただきました。
仁科勘次氏（スピリチュアルサロン蒼色庭園代表、セラピスト）
ほしひかる氏（特定非営利活動法人　江戸ソバリエ協会理事長）
林幸子氏（料理研究家）
この場を借りて、心より御礼を申し上げます。

著者

時代小説文庫
た29-3

茶《ちゃ》屋《や》占《うらな》い師《し》がらん堂《どう》 異国《いこく》の皿《さら》

著者 高田在子《たかだありこ》
2024年6月18日第一刷発行

発行者 角川春樹

発行所 株式会社 角川春樹事務所
〒102-0074 東京都千代田区九段南2-1-30 イタリア文化会館

電話 03(3263)5247[編集] 03(3263)5881[営業]

印刷・製本 中央精版印刷株式会社

フォーマット・デザイン&シンボルマーク 芦澤泰偉

ISBN978-4-7584-4647-1 C0193 ©2024 Takada Ariko Printed in Japan
http://www.kadokawaharuki.co.jp/[営業]
fanmail@kadokawaharuki.co.jp[編集] ご意見・ご感想をお寄せください。